L'ART DU MEURTRE

DE LA MÊME AUTEURE

Le Sang des Belasko, L'Archipel, 2021.

CHRYSTEL DUCHAMP

L'ART DU MEURTRE

roman

ARCHIPOCHE

Notre catalogue est consultable à l'adresse suivante :
www.editionsarchipoche.com

Archipoche
34, rue des Bourdonnais
75001 Paris

ISBN 978-2-37735-889-2

À mes parents, à mon frère.

I

« Regarde autour de toi,
et souviens-toi que
tu n'es qu'un homme. »

Tertullien

1

Fruits et riche vaisselle sur table

Le soleil se lève sur Paris. Hier soir, la météo a annoncé une nouvelle vague de canicule. Depuis le début de l'été, les températures ne cessent d'augmenter, frôlant parfois les quarante degrés. La nuit n'apporte aucun répit, maisons et appartements conservent entre leurs murs la chaleur accumulée durant le jour.

Dans cette rue, nombreuses sont les familles qui n'ont pu dormir, incommodées par le bruit des voitures provenant des fenêtres ouvertes. La vie reprend pourtant son cours, même si la fatigue se lit sur tous les visages.

À l'heure où ce quartier bourgeois s'éveille, un appartement reste plongé dans le calme et la pénombre. Une bougie posée sur un guéridon offre de timides lueurs à l'obscurité. La cire fond et coule dans un bougeoir ébréché. Le silence règne dans la salle à manger, interrompu chaque seconde par le tic-tac d'une horloge. Sur une grande table en chêne, sont disposés un vase – dans lequel fanent les roses d'un bouquet – et une corbeille – où pourrissent trois pommes et deux poires. Les fruits dégagent une odeur pestilentielle qui se mêle à des effluves de tabac. Le premier quart d'un cigare cubain se consume, ses cendres rougeoyantes tombent dans une soucoupe en porcelaine qui fait office de cendrier. Un verre de vin a été renversé, comme si un invité, incapable de coordonner ses mouvements, avait déjà trop bu. Sur la nappe blanche, frappée de deux lettrines qu'une domestique a brodées avec soin, se dessine une large tache pourpre aux contours incertains.

La table est dressée pour dix convives, mais personne ne viendra. Aucune invitation n'a été envoyée. Seul le maître de maison participe à ce repas. Devant lui, une cuvée spéciale réservée aux grandes occasions décante dans une carafe. Son assiette est vide. Pas de foie gras, de caviar, ou de gigot d'agneau. Juste une couronne de laurier qui n'a rien à faire là.

L'homme est nu. De la tête aux pieds. Son ventre gras et luisant repose sur ses cuisses. Il doit avoir l'air ridicule, mais il s'en fiche. Au diable la fierté ! Être habillé est le cadet de ses soucis. Une seule chose le préoccupe : est-il encore vivant ?

Ses paupières se soulèvent. Un effort considérable. Il tente de s'habituer à la pénombre. Petit à petit, il distingue enfin l'endroit où il se trouve. Chez lui. Dans cette salle à manger où tant de réceptions ont été données, tant d'amis sont venus boire du champagne, tant d'anniversaires ont été fêtés. Devant lui, deux trous noirs le fixent. Ce regard… Insistant. Terrifiant. C'est elle. Oui, elle.

La panique le submerge. Il essaie de se lever. Impossible. Il ne peut pas bouger. Ni la tête, ni les mains, ni les pieds. Il est paralysé. Il aimerait prendre une profonde inspiration mais il n'y parvient pas. Son organisme semble sur le point de s'arrêter. À bout de souffle, il laisse sa tête retomber sur son torse. C'est à cet instant qu'il découvre les blessures. Ses mains sont lacérées, ses bras griffés. Sur son ventre, de larges entailles laissent s'écouler des filets de sang. Dans son dos, la morsure d'une douleur insoutenable. Une brûlure qui flagelle ses omoplates.

Son regard se plante sur le crâne qui lui fait face. Sa bouche s'entrouvre pour chercher l'oxygène. Une lueur l'éblouit. Au bout: un tunnel. Incapable de lutter, il laisse la mort l'emporter. Alors il se souvient…

Mais il est trop tard pour regretter.

2

Tout passe. Tout casse. Tout lasse.

Les premiers rayons de soleil glissent entre les persiennes et frappent mon visage. Cette lumière soudaine et la chaleur qu'elle déploie me tirent de mon sommeil. J'ouvre les yeux, me redresse dans le lit et regarde le réveil. 7 heures. Je n'ai dormi que trois heures. Je soupire et m'effondre sur les draps. « Le sommeil est la clé de la réussite », répétait sans cesse mon père.

Je tourne la tête sur l'oreiller. À côté de moi, allongé sur le dos, ronfle un homme d'une quarantaine d'années. Je détaille son visage. Un nez épaté. Un sourcil plus épais que l'autre. Des points noirs dégoûtants. Hier, dans la pénombre du bar, ces défauts m'avaient échappé. Je n'ai vu qu'un mec comme je les aime : brun, grand, baraqué, mal rasé. La dégaine du type qui boit comme un trou et fume de l'herbe. Mes cheveux sont d'ailleurs imprégnés des vapeurs du joint que nous avons partagé. Il faudra une bonne douche et beaucoup de parfum pour faire disparaître cette odeur. Hors de question que Patricia, ma supérieure, ait le moindre doute à ce sujet. Si elle venait à l'apprendre, je pourrais dire adieu à ma carrière.

L'homme avec qui j'ai partagé ma nuit – Ben, si mes souvenirs sont bons – était un illustre inconnu vingt-quatre heures plus tôt. On pourrait dire de moi que je suis une fille facile. Une traînée. Une salope. Et qu'à trente-trois ans, je suis irresponsable. Je m'en fiche. Je veux profiter de la vie. Et, surtout, ne plus jamais m'engager dans une relation sérieuse. La faute à qui ? Mon ex. Il s'est barré avec la voisine de palier et, six mois plus tard, elle accouchait de leur enfant. Dix ans d'amour qui partent en fumée. Comme ça. En un claquement de doigts. Avais-je des pressentiments ? Oui. Il avait protégé son téléphone portable avec un mot de passe, il ne mangeait plus avec moi à midi et rentrait tard le soir. Je lui ai reproché d'être de plus en plus distant jusqu'à ce qu'un jour je lui fasse part de mes doutes quant à sa fidélité. Il est entré dans une colère noire et m'a reproché de ne pas avoir confiance en lui, de ne plus l'aimer. Je me suis confondue en excuses. Il m'a rassurée, mais mes soupçons ont continué de grandir. Dès que j'abordais le sujet avec lui, j'obtenais les mêmes réponses à mes interrogations : « Tu te fais des idées. Tu es paranoïaque. Tu devrais te faire soigner. »

J'étais sans cesse tiraillée entre ce qu'il affirmait et ce que ses actes disaient. Puis je suis tombée sur cet e-mail, la preuve qu'il me trompait. Depuis des semaines, il *la* voyait. Celle qui partageait notre palier. Celle qui – tant de fois – était venue chercher du sel. Celle qui avait vidé des bouteilles de vin avec nous. Celle que jamais je n'aurais soupçonnée.

Lorsqu'il s'est retrouvé confronté à son infidélité, il n'a même pas eu le courage d'avouer. Il est allé dans notre chambre, a fait sa valise et s'est barré. Chez la voisine. Ma lâcheté l'a laissé faire. Avais-je besoin de l'entendre se justifier ? Avais-je envie de le retenir ?

La colère, la haine et la rage se sont installées dans mon cœur. J'avais des pulsions meurtrières. Elle ? Je rêvais de l'étrangler avec le cordon ombilical de son bébé. Lui ? Je voulais qu'il se jette à mes genoux pour implorer mon pardon. Indifférente à ses supplications, je m'imaginais coller mon arme de service sur sa tempe et le faire taire à tout jamais. Oui. La colère. La haine. La rage.

J'ai envisagé une vengeance plus ordinaire. Rayer sa voiture. Le ridiculiser devant ses collègues de travail. Je ne suis jamais passée à l'acte.

L'incompréhension a suivi. Puis la remise en question. Et la culpabilité. Qu'avais-je fait pour mériter une telle trahison ? Étais-je une mauvaise compagne ? N'étais-je plus assez jolie, drôle, intelligente pour lui ? Avait-il honte de moi ?

Mes copines ont essayé de me consoler. *Tu mérites mieux. Un de perdu, dix de retrouvés. Mieux vaut être seule que mal accompagnée. Bla bla bla.* Je me foutais de leur pitié.

Après des mois passés à me lamenter, la culpabilité s'est dissipée. Il était parti. Il ne m'aimait plus. Point final. Il n'y avait rien d'autre à comprendre. Restait la honte d'avoir été la cocue de service. Dès que j'y repensais, des fous rires nerveux me submergeaient, mêlés à des crises de larmes. Ce qui m'arrivait était digne des plus grands clichés véhiculés par le cinéma. Pourquoi moi ? Ne méritais-je pas mieux qu'un stupide scénario de sitcom ?

Une profonde tristesse m'accompagnait au quotidien. Une détresse morale. Un précipice. Dans lequel je me suis jetée et duquel personne ne pouvait me sortir. Mes amies ont essayé de me tirer de ce puits sans fond, mais je repoussais leur main tendue. Elles me proposaient leur compagnie, mais je préférais la solitude. Chaque soir, vautrée dans mon canapé, je vidais autant de paquets de chips que de litres de vin blanc. Je me droguais de séries télévisées et trouvais – à travers elles – une autre existence ; une vie par procuration dans laquelle je n'avais pas échoué. Mon appartement était devenu un capharnaüm. La vaisselle traînait dans l'évier ; les détritus s'entassaient sur la table basse ; les fringues sales s'amoncelaient sur le sol. Croiser la route d'un cafard ne m'aurait pas surprise. J'évoluais dans ma vie comme si elle n'était pas mienne. Fougueuse, elle défilait devant moi sans que je puisse l'attraper pour la remettre sur les rails. Oui, c'est exact : je déraillais.

Le médecin a insisté pour me donner un arrêt de travail, mais j'ai refusé. Bosser me maintenait à flot et me permettait de garder un semblant de vie sociale.

Un matin, sans savoir pourquoi, je me suis réveillée différente. J'avais envie de me reprendre en main. La voie de la guérison s'ouvrait sous mes pas. Pour marquer la première étape de ce renouveau, je suis montée sur la balance. J'ai frôlé l'arrêt cardiaque en découvrant que j'avais pris vingt-deux kilos. Consternée, j'ai regardé le corps qui me faisait face dans le miroir. Il n'était pas beau à voir. Des bourrelets. Un double menton. Des formes où il n'en fallait pas.

Je me suis effondrée et j'ai pleuré. Puis mon téléphone a sonné. Ma cheffe, inquiète, était à l'autre bout du fil. « Où es-tu, Audrey ? Tout va bien ? »

Il était 10 heures du matin. J'avais pleuré deux heures durant.

Je me suis précipitée dans la salle de bains. J'ai rempli la baignoire et me suis plongée dans l'eau froide. Ma peau est devenue écarlate. Mille aiguilles ont transpercé mon dos. Ma respiration s'est coupée. J'ai hurlé. Ma métamorphose était engagée.

Séchée, habillée, j'ai ressorti la trousse que je n'avais pas utilisée depuis si longtemps et j'ai maquillé mes yeux bleus. Puis je me suis observée dans le miroir. L'ancienne Audrey était partie. Une nouvelle femme l'avait remplacée. J'étais revenue de loin. D'un endroit où je me jurais de ne plus retourner.

De cette triste expérience, une blessure est restée. Elle sera toujours présente. Je ne peux que l'apprivoiser et apprendre à vivre avec elle. Désormais, elle fait partie de moi.

Ben se met à bouger. Il va bientôt se réveiller et va sans doute vouloir converser. « C'était bien cette nuit. On remet ça ? » Je vais devoir lui expliquer qu'on ne remettra rien du tout et que le revoir ne m'intéresse pas. Il va peut-être m'insulter comme certains l'ont déjà fait. Peu importe. Qu'il déguerpisse au plus vite et me laisse seule avec mon café !

Je me redresse tandis que mon hôte se retourne en tirant la couette sur son visage. Cet abruti a décidé de prolonger la nuit. Tant mieux. J'éviterai toute discussion et me contenterai d'un mot sur la table de chevet du genre : « C'était sympa, mais je préfère qu'on en reste là. »

Je pose les deux pieds au sol et m'étire. Mon téléphone portable s'éclaire. Je m'en empare et m'isole dans la salle de bains pour décrocher.

– Allô ?

– Audrey. C'est Pat. Encore au lit ?

– Oui et non.

– Ça fait une heure que j'essaie de t'appeler !

– Désolée. J'étais sur silencieux.

– Rapplique ! On a un cadavre dans le XVIe.

– Merde ! Donne-moi un quart d'heure.

– Non !

– Quoi ? Je n'ai pas le temps de boire un café ?

– Non. Et si tu veux mon avis, mieux vaut avoir le ventre vide avant de venir ici.

3

Variation #2

Je roule pied au plancher dans Paris et ne ralentis qu'à l'approche de l'adresse communiquée par Patricia. Je connais mal le XVIe. Après une dizaine de demi-tours, j'arrive enfin sur les lieux du crime. La rue est bondée. Je me gare sur le trottoir, sors de ma vieille Clio, cherche ma carte de police et me glisse sous les rubans qui délimitent le périmètre de sécurité.

Daniel, gardien de la paix, se tient droit comme un *i* devant l'entrée de l'immeuble. Il tend sa grosse paluche pour me saluer. Sa poigne me brise les phalanges et m'arrache une grimace. Pour lui, c'est une marque d'affection. Il m'apprécie beaucoup. Un peu trop. Chaque fois qu'il me croise, il me raconte par le menu sa vie de famille – ses enfants sont des garnements, sa femme est toujours à la recherche d'un emploi, le chien n'aime pas ses nouvelles croquettes… Aujourd'hui ne fait pas exception mais j'abrège son monologue et me faufile dans le bâtiment haussmannien. Moulures, sculptures, colonnes, dalles en marbre… Je m'émerveille devant la richesse de l'architecture jusqu'à ce qu'une odeur nauséabonde me prenne à la gorge.

Dans la cage d'escalier, je croise des collègues du 36. Je serre rapidement leurs mains et monte les marches quatre à quatre. J'atteins enfin le dernier étage et me retrouve devant l'appartement qui attire toutes les convoitises. Il y a du monde. Comme d'habitude. Malgré le brouhaha, je devine la voix de ma supérieure qui semble avoir une conversation houleuse dans une pièce adjacente. Je pose mon sac au pied d'un portemanteau et secoue mon chemisier pour faire retomber la température de mon corps. L'appartement est immense. Le seul hall d'entrée est presque aussi grand que mon salon. Devant moi, deux portes vitrées sont ouvertes sur la salle à manger où se concentre l'agitation. J'enfile des surchaussures, puis m'approche d'un pas assuré de la scène de crime. Au premier regard, je ne mesure ni son atrocité ni sa violence. Éclairée par les timides lueurs du matin, elle semble presque irréelle, digne d'une photographie de Gregory Crewdson.

Une immense table en chêne. Dix chaises. Dix couverts. Un bouquet de roses séchées. Une corbeille de fruits gâtés. Une carafe de vin. Un verre renversé. Une nappe blanche tachée. Le temps s'est figé sur un instant quelconque : un repas de famille. À cette table, assis sur une chaise, préside un homme nu d'environ soixante-dix ans. Des bourrelets débordent sous ses bras ; son ventre gonflé est tendu sur ses cuisses et sa peau s'est parée des couleurs de la mort. De nombreux asticots grouillent sous l'épiderme. La putréfaction est à un stade avancé, favorisée par les températures caniculaires de l'été. Je tire la manche de ma chemise et y enfouis mon nez. L'odeur de la mort est effroyable. Certes, la vue d'un cadavre est choquante, mais les jours passent et cette vision s'estompe. L'odeur elle, reste à tout jamais. Elle vous colle à la peau, elle imprègne vos cheveux et vos vêtements. Vous avez beau vous laver deux fois, dix fois, mille fois, elle persiste. Les souvenirs olfactifs sont les pires. Ils ne vous quittent jamais.

J'enfile des gants et observe le cadavre. Je pose un index sur son poignet : le derme est sec et brunâtre. Déjà en surpoids de son vivant, la victime a pris du volume à cause de la pression des gaz. Les lividités cadavériques sont fixées sur les talons, ce qui apporte une première certitude : le corps n'a pas été déplacé. Notre homme est mort à cette table, assis sur cette chaise. Je me penche sur le visage : les asticots ont dévoré les yeux. Ils raffolent des parties molles, les hors-d'œuvre de leur repas. La Faucheuse emporte tout sur son passage, même la dignité.

Mon examen se poursuit. Je constate les sévices décrits par Patricia au téléphone. Les avant-bras sont striés de griffures. Sur le torse, des entailles profondes ont été réalisées avec une lame. Je frissonne. Combien de temps l'acharnement sur cet homme a-t-il duré ? Et, surtout, était-il encore conscient ? Pour moi, aucun doute : je suis face à une scène de torture. Celui qui se tient à cette table a vécu un véritable calvaire.

Je me dirige vers une fenêtre ouverte et inspire à pleins poumons. J'étouffe. Je transpire. J'aimerais être n'importe où, mais pas ici. Pour la première fois de ma carrière, je flanche. Ma vision devient floue, comme si mon cerveau ordonnait à mes sens de se mettre en pause. Je dois me ressaisir. Fort heureusement, je suis tirée de ma torpeur par une paume robuste qui se pose sur mon bras. Une voix enjouée l'accompagne. Je l'identifie sur-le-champ et soupire de soulagement en découvrant Alain, technicien à l'identité judiciaire. Nous nous donnons une longue accolade.

— Tu as fait connaissance avec notre cadavre ?

— Oui.

— Pas très bavard, hein ?

Je souris. L'humour a toujours été le meilleur moyen de dédramatiser les pires situations. Alain excelle dans ce domaine. Travailler avec lui est une bouffée d'oxygène. Il est, de surcroît, un technicien intelligent, malin et efficace. Les enquêteurs se battent pour l'avoir dans leur équipe. Pourtant, dans quelques mois, ils devront apprendre à se passer de ses services. Alain prendra sa retraite et il nous faudra trouver quelqu'un d'aussi compétent et sympathique que lui.

— Depuis quand est-il là ?

— Moins de dix jours, me répond Alain l'air grave.

— Des signes d'effraction ?

— Non. Le meurtrier est entré dans cet appartement comme on entre dans un moulin. Les pompiers n'ont pas eu à enfoncer la porte : elle n'était pas fermée à clé.

Les questions se bousculent. La victime connaissait-elle son meurtrier ? L'a-t-elle accueilli en toute confiance sans se douter un seul instant du châtiment qui l'attendait ?

— Je suis dépité, enchaîne Alain. Je prends bientôt ma retraite et il faut que je me retrouve avec un truc pareil sur les bras.

— Vois-le comme un dernier défi. Bon, ce cadavre : qui l'a trouvé ?

— L'OPJ de garde du XVIe. Dès qu'il est arrivé sur place, il a contacté le procureur en lui disant que ce n'était pas une affaire pour eux.

— Tu m'étonnes… Ils t'ont sorti du lit ?

— Et comment ! Je dormais comme un bébé quand ils m'ont appelé. Trois nuits de permanence cette semaine : trois interventions ! Ils veulent ma peau, Audrey. Ils veulent ma peau !

Je donne une tape amicale sur l'épaule de mon collègue lorsqu'une voix familière m'interpelle : Patricia.

— Audrey ! Enfin !

— J'ai fait aussi vite que possible. Je t'ai entendue râler dans l'autre pièce. Un problème ?

— Oui. J'étais au téléphone. Avec le proc'. Il n'a qu'un mot à la bouche : la presse ! On s'en fout de la presse, merde !

Je détaille ma supérieure avec un amusement non dissimulé. Patricia Levêque. Capitaine de police depuis qu'elle est née. Elle avait déjà son insigne dans le ventre de sa mère. Son boulot, c'est sa vie. Mariée, mère de deux enfants, Patricia est un capitaine en or, mais aussi un mentor pour le jeune lieutenant que je suis. Elle est à l'écoute de ses équipes, humaine, serviable et généreuse. Je la côtoie depuis dix ans et n'ai pas encore pu lui trouver un seul défaut sinon d'être têtue comme une mule. Si je me suis sortie des griffes de la dépression, c'est grâce à son opiniâtreté et à son soutien indéfectible. « Pose des jours de récup'. Viens dîner chez moi. » Tant de fois je me suis retrouvée à sa table, entre elle et son adorable époux, Thierry, à parler de la pluie et du beau temps autour d'un repas préparé avec amour. Ils sont devenus une seconde famille pour moi. C'est indéniable.

— Tu veux le topo, Audrey ?

— Je t'écoute !

— La voisine du troisième a appelé le commissariat du XVIe arrondissement à 5 heures ce matin. Elle ne pouvait plus dormir. À cause de l'odeur. D'après elle, ça pue dans l'immeuble depuis une semaine.

— Les autres voisins n'ont rien senti ?

— Pas encore interrogés. On est en sous-effectif ici.

— Je m'occupe de l'enquête de voisinage, si tu veux.

— Non. J'ai mis Mehdi sur le coup.

— J'ai vu une caméra de protection dans la rue…

— En panne.

— Comme d'habitude !

— Ouais… Et le comble : l'appartement de la victime dispose d'un système de vidéosurveillance. Inactif depuis dix jours.

— La victime justement : qui est-ce ?

— Franck Tardy. La voisine nous a dressé un rapide portrait. Avocat à la retraite réputé au barreau de Paris. Plein aux as. Propriétaire de cet appartement, d'une villa au Cap Ferret, d'un chalet à Megève, et d'une dizaine de studios qu'il loue dans la capitale. Il a aussi un superyacht avec piscine, salle de sport, spa et discothèque. La bête est amarrée dans le port de Saint-Tropez. À un anneau qui doit coûter une blinde… Juste en face de Sénéquier, s'il vous plaît.

— Où se retrouve toute la jet-set pour prendre un verre ?

— Oui ! Toujours d'après la voisine, la victime passait beaucoup de temps chez un ami notaire, à Dinard, où les deux loustics participaient à des tournois de golf.

— Tardy collectionnait aussi les œuvres d'art visiblement. Cet appartement est un vrai musée. J'ai reconnu une toile d'Yves Klein dans l'entrée.

— Tu t'y connais ?

— J'ai suivi des études au Louvre avant de devenir flic.

— Tu ne me l'as jamais dit…

— C'est sans importance. Franck Tardy était-il marié ?

— Veuf. Marié trois fois. Six enfants. Dix petits-enfants.

— Et pas un ne s'est inquiété ?

— Non. C'est un point qu'on doit éclaircir.

— Rien d'autre ?

— D'après la voisine qui a appelé la police, Tardy fréquentait plusieurs femmes. Une blonde le lundi, une rousse le mercredi, une brune le vendredi.

— Des call-girls ?

— À vérifier, mais j'ai pensé à la même chose que toi. Avec ce genre d'homme pour qui l'argent n'est pas un problème, ce ne serait pas étonnant.

À cet instant, Gaël fait irruption dans la salle à manger. Il me salue brièvement et demande à Patricia.

— Je peux faire partir le crâne, capitaine ?

— Oui. Retourne au 36 et renseigne-toi sur les pillages dans les cimetières alentour.

Stupéfaite, je m'immisce dans leur conversation.

— Un crâne ?

— Sur la table, répond Gaël en plongeant ses yeux bleus dans les miens. Un crâne humain.

Je ne peux cacher ma déception.

— Pourquoi l'avez-vous retiré de la scène de crime ? J'aurais bien aimé la voir dans son ensemble…

— On n'a pas de temps à perdre, Audrey. Et puis Alain a pris des photos. Tu n'auras qu'à les lui demander.

— Oui, mais vous auriez pu attendre que…

— Qui était sur silencieux ce matin ?

J'entrouvre les lèvres pour répondre à Patricia, mais un cri me stoppe dans mon élan. Nous nous tournons vers Alain. Il vient de faire basculer le cadavre, dévoilant le dos jusqu'à présent caché par le dossier de la chaise. Des omoplates jusqu'aux fesses, les chairs sont meurtries. La peau est à vif.

Je n'ai qu'une envie : me pincer pour m'éveiller de ce cauchemar.

— Dis-moi que tout ceci n'est pas réel, Pat.

— J'aimerais, Audrey. J'aimerais. Mais la folie des hommes, tu le sais, est bel et bien réelle.

4

Anthropométrie bleue

Torturer sa victime pendant des heures, imaginer une telle mise en scène… Quel homme, quelle femme, quelle *chose* peut être assez dégénéré pour assassiner quelqu'un de la sorte ? J'envisage tous les mobiles possibles et imaginables pour essayer de répondre à la question : qui voulait la peau de Franck Tardy ?

Mains sur les hanches, je déambule dans l'immense appartement de la victime et tente d'estimer sa fortune. Les œuvres sur les murs représentent un patrimoine de plusieurs centaines de millions d'euros. Liechtenstein, Picasso, Matisse… Un vrai musée de poche.

— Ce sont des originaux ? me demande Patricia.

— *A priori*, oui. Je n'imagine pas la victime collectionner des copies. L'idéal serait de retrouver les certificats d'authenticité. Tardy les a forcément. Ils sont aussi précieux que l'œuvre elle-même.

— Et cette toile ? De qui est-elle ?

— D'Andy Warhol.

— Il a peint autre chose que Marilyn Monroe ?

— Bien sûr ! Mao, Grace Kelly, les trente-deux boîtes de soupe Campbell…

— Ah…

— Si le Warhol sur ce mur est un original, alors je peux t'assurer que Tardy avait un sacré paquet de pognon. Je ne savais même pas que des particuliers possédaient des oxydations à l'urine.

— Des quoi ?

Médusée, Patricia me dévisage. Je poursuis.

— Cette toile de Warhol est une *Oxidation Painting.*

— Traduction s'il te plaît ? Je n'ai pas fait d'études d'art, *moi.*

— Une *Oxidation Painting* est une toile recouverte de peinture à base de cuivre sur laquelle l'artiste a uriné. Les taches verdâtres au centre sont le résultat de l'acidité de l'urine qui a engendré des motifs aléatoires.

Patricia semble consternée. Je poursuis mon explication, fascinée de me trouver devant un tel tableau de Warhol.

— Au siècle dernier, de nombreux artistes ont voulu transgresser les règles établies par l'art.

— Alors ils se sont mis à pisser sur des toiles ?

Je souris.

— C'est plus complexe. Ils considéraient leur support comme un terrain de jeu, une arène. Warhol, par exemple, n'avait pas une idée en tête lorsqu'il s'apprêtait à « peindre ». Il se plaçait face à sa page blanche, prêt à interagir avec elle de n'importe quelle façon. Cette rencontre fortuite a produit des œuvres extraordinaires. Comme celle que tu as sous les yeux. Fascinant, non ?

Muette, Patricia m'observe. Elle esquisse finalement une grimace de dégoût et tourne les talons. Non.

Elle ne semble pas fascinée par les oxydations de Warhol. Dommage. Pour ma part, je le suis. Combien peut se monnayer une telle œuvre aujourd'hui ? Et comment Franck Tardy a-t-il pu l'obtenir ? Connaissait-il quelqu'un de haut placé dans le milieu de l'art ? Sa collection lui aurait-elle attiré des ennuis ?

Je tire mon téléphone portable de la poche de mon jean et me mets à tapoter sur l'écran. Chez Christie's, en mai 2008, une *Oxidation Painting* d'Andy Warhol a été adjugée deux millions de dollars aux enchères. Je sors mon calepin et note pêle-mêle :

- s'assurer de l'authenticité des œuvres de Tardy
- interroger ses ex-femmes
- identifier les call-girls

Nuits blanches en perspective. Découragée par la quantité de travail qui m'attend, je soupire. Pourquoi ai-je choisi ce métier ? Pourquoi ai-je abandonné mes études d'art ? À l'école du Louvre, j'étais brillante. Peut-être l'une des meilleures. J'aurais pu devenir conservatrice de musée ou travailler dans les plus prestigieuses salles de ventes. Mais le décès de mon père, alors que j'étais en deuxième année, m'a anéantie. J'aimais cet homme d'un amour inconditionnel. Alors, sans réfléchir une seconde, j'ai tout plaqué. L'art, c'était terminé. Je voulais être flic. Comme *lui*. Comme si, à travers ce métier, je pouvais le ramener à la vie. Ma mère a tenté de m'en dissuader. Mais j'ai tenu bon et me suis battue pour qu'elle accepte ma décision. Ce qu'elle a fait. À contrecœur.

Aujourd'hui, l'art occupe toujours une place importante dans ma vie. J'écume toutes les expositions de la capitale et les musées parisiens n'ont aucun secret pour moi. Parfois, lorsque mon emploi du temps le permet, j'accompagne des classes. Vulgariser l'art contemporain auprès des plus jeunes me plaît. J'adore répertorier leurs remarques. Pas facile pour eux de comprendre qu'un point noir sur une toile blanche est une œuvre d'art.

Mon tour du propriétaire terminé, je retourne dans le hall d'entrée et admire le tableau d'Yves Klein. Cet artiste enduisait le corps de femmes nues de la couleur vibrante dont il est l'auteur, le bleu Klein. Celles-ci se plaquaient ensuite contre de grandes feuilles de papier blanc tendues à la verticale. Les seins, le ventre, les hanches et les poils pubiens laissaient leur empreinte sur la toile. Naissait alors un motif, une silhouette. Unique. Sensuelle. J'imagine ces femmes couvertes de peinture se rouler et se déhancher devant un public de collectionneurs et de critiques. Je pense à nos ancêtres qui apposaient leurs paumes enduites de pigments sur les parois des grottes. L'art nous est vital depuis la nuit des temps. Laisser une trace est un besoin ancré au plus profond de nous. Une quête d'éternité.

Dans la cuisine, Alain, assis à une table, est absorbé par le plan des lieux qu'il vient de crayonner. Je m'assieds face à lui.

— Tout se passe bien ?

— Oui. J'ai pris une centaine de photos et relevé plusieurs empreintes. J'ai même trouvé des cheveux, répond-il satisfait.

— T'as vu ? Régis, le *commissaire-à-rien*, est là.

— Oui, j'ai vu. Pourquoi ne met-il jamais ses protections ?

— Tu sais bien qu'il est au-dessus de tout ça. Et puis la charlotte sur la tête, ce n'est pas très tendance.

— Dix ans que cet abruti souille mes scènes de crime !

Alain quitte ses lunettes, se frotte les yeux et caresse sa barbe naissante. Il semble exténué. Je m'apprête à lui remonter le moral lorsque Mehdi bondit derrière nous. La sueur coule sur son front.

— J'ai terminé l'enquête de voisinage, Audrey. Je vous fais le rapport ? Même si ça va être rapide…

Je souris. Mon collègue n'a jamais réussi à me tutoyer – détail que je trouve charmant. J'ai insisté, lui ai répété qu'il n'avait aucune raison de me vouvoyer. Il persiste. Pour lui, je représente une autorité qu'il faut respecter.

— Je t'écoute, Mehdi.

— L'immeuble compte quatre appartements. Au premier, un couple de retraités : en vacances à Menton depuis deux semaines. Au deuxième, un homme d'affaires : en déplacement depuis mi-juin. Au troisième, la voisine qui a prévenu la police ce matin. Et au quatrième, Tardy. Notre cadavre.

— Que dit la voisine du troisième ?

— À part les odeurs : rien. Elle n'a rien vu ni entendu d'alarmant. Elle n'avait pas croisé Tardy depuis plusieurs jours. Mais comme il avait la bougeotte, elle ne s'est pas inquiétée, voyez.

— Bon. Qui s'occupe d'interroger les proches de Tardy ?

— Aucune idée. Faudrait demander au capitaine.

Je remercie mon collègue et me lance à la recherche de ma supérieure. Interroger les membres de la famille de Tardy devient l'urgence numéro un.

Je dois en parler à Patricia. Je la retrouve dans le grand bureau, au fond du couloir. Elle est penchée au-dessus de l'épaule de Ludo, notre informaticien, la caricature même du *geek*. Il porte des lunettes à large monture noire et, depuis plusieurs mois, se laisse pousser une barbe de *hipster*. Il possède une incroyable collection de T-shirts à l'effigie de ses jeux vidéo préférés. Pour compléter cette panoplie, un Pikachu est brodé sur son sac à dos et un Tamagotchi pend à son porte-clés. Un bel archétype du syndrome de Peter Pan.

– Comment faites-vous pour bosser dans cette puanteur ? Vous devriez emmener l'ordinateur au 36.

Ludo, concentré sur le PC devant lui, ne daigne pas me répondre. Patricia lève la tête et me regarde en soupirant.

– Pas le temps ! On est sur la boîte e-mail de Tardy. On n'a pas ouvert le dixième de ses courriels, mais on a déjà du lourd.

– Sur ses œuvres d'art ?

– Va falloir penser à autre chose qu'au pipi de Warhol, Audrey.

– OK, j'ai compris !

– Franck Tardy fréquentait des call-girls. C'est une certitude. Des brunes, des rousses, des blondes, des blanches, des noires. Je pense qu'il connaissait toutes les *escorts* de Paris. Et, cerise sur le gâteau…

Comme pour mieux ménager le suspense, Patricia marque une pause puis, peinant à dissimuler son excitation, poursuit :

– Il était le client fidèle d'un club de sadomasochisme. La Douleur des Autres. D'où il s'est fait expulser pour comportement violent…

5

Wally Neuzil en bas noirs

Agacée de me voir tourner comme un lion en cage dans l'appartement de Franck Tardy, Patricia m'a mise à la porte. Elle m'a confié une mission : me rendre au club SM fréquenté par la victime et en savoir plus sur son éviction.

Je saute dans ma voiture et pousse la climatisation. 9 heures. Le tableau de bord indique déjà vingt-huit degrés. Je renseigne sur mon GPS l'adresse fournie par ma supérieure et démarre en trombe. Le gérant de La Douleur des Autres sera-t-il sur place, si tôt ?

Il me faut moins de cinq minutes pour atteindre ma destination, mais plus de dix pour trouver une place de stationnement. Je me gare finalement dans une rue adjacente et termine à pied. Pas de devanture. Pas d'enseigne lumineuse. Pas de néons. Rien n'indique la présence d'un club sadomasochiste. Je me penche sur l'interphone. Aucun nom ne correspond à celui que je cherche.

Mon téléphone se met à sonner. Sans prendre le temps de vérifier qui m'appelle, je décroche.

– Audrey ? C'est maman.

Note pour moi-même : penser à changer de numéro de téléphone professionnel et à ne pas le communiquer à ma mère.

— Comment vas-tu, maman ?

— Ça va. Et toi ma chérie ?

— Bien, depuis… hier.

— Parfait. Tu viens manger à la maison dimanche ?

— Ça dépendra du boulot…

— Et comment je fais, moi, pour préparer le repas ?

— On commandera des pizzas.

— Ben voyons !

— Excuse-moi, maman, je n'ai pas trop le temps. Je suis au travail et…

— Le travail, toujours le travail ! Je le savais. J'aurais dû t'empêcher de devenir flic. Si ton père avait été là, il se serait lui aussi opposé à ce choix. Je l'ai vu se faire bouffer par son métier. Une année, il n'a pas pu fêter Noël avec nous. Tu t'en souviens ?

— Non. J'avais deux ans.

— Eh bien moi je m'en souviens. Fêter Noël sans son mari, c'est terrible ! Tu verras : toi aussi un jour tu fêteras Noël sous le sapin du commissariat.

— Faut vraiment que j'y aille, m'man.

— Voilà. Ça recommence. Je ne peux même plus t'appeler cinq minutes. Chaque fois c'est pareil : j'ai l'impression de te déranger.

— Tu m'appelles dix fois par jour, m'man. Alors sur ces dix fois, il y en a forcément une où tu me déranges.

— Oh, mais si tu le prends sur ce ton, je ne t'appelle plus et on coupe les ponts. C'est ça que tu veux ? Abandonner ta veuve de mère ?

L'envie de l'envoyer balader me démange. Au moment où je m'y apprête, un homme ouvre la porte de l'immeuble. Je le salue et me faufile dans le hall.

— M'man ?

— Oui ?

— À plus !

Je raccroche sans attendre sa réponse. J'imagine ma mère pester à l'autre bout du fil et planter une aiguille dans une poupée vaudou à mon effigie.

Je passe en revue les boîtes aux lettres, sans succès. Je m'élance alors dans l'escalier et inspecte les noms sur les sonnettes de chaque appartement. Lorsque j'atteins le sixième et dernier étage, je suis découragée. Et agacée. Patricia s'est certainement trompée d'adresse. Elle me fait perdre mon temps. Au pas de course, je redescends dans le hall d'entrée. Une fois au rez-de-chaussée, je l'appelle et ne cache pas mon agacement lorsqu'elle décroche. Mais elle est formelle : je suis au bon endroit. Une nouvelle fois, je me dirige vers la cage d'escalier. À sa droite, un couloir qui semble mener aux caves ou à une cour. Je m'y engouffre et tombe sur une plaque en inox frappée de lettres gothiques. La Douleur des Autres. Pas de sonnette. Nerveuse, je frappe trois coups. Personne ne va m'ouvrir, j'en suis persuadée. Il est trop tôt. Pourtant, la porte se met à grincer. Un grand brun en costume noir, la cinquantaine, les cheveux poivre et sel, apparaît devant moi.

— Yoann Tupier ?

— Lui-même !

— Désolée de vous importuner. Lieutenant Audrey Durand. Brigade criminelle. J'aimerais vous poser quelques questions au sujet de l'un de vos clients.

Instantanément, Tupier recule d'un pas. Son visage se crispe. Les flics ne sont pas les bienvenus. Je décide de mettre les pieds dans le plat pour piquer sa curiosité.

— Franck Tardy a été assassiné à son domicile.

Même si c'est imperceptible, je devine la mâchoire du grand brun se relâcher. Ses yeux se perdent dans le vague, ses épaules s'affaissent. Aucun doute : il est sonné par cette nouvelle.

— Franck ? Mais... Comment ?

— Je ne peux pas vous en dire plus. Nous avons trouvé vos coordonnées dans un e-mail. Il était *persona non grata* dans votre club, n'est-ce pas ?

— Oui. C'est exact. Comment est-il mort ?

— Je peux entrer ?

— Non. Je ne préfère pas. Et rien ne m'y oblige.

— Les gens disent souvent ça quand ils ont un truc à se reprocher.

Ma réplique fait mouche.

— Ne vous trompez pas de cible, répond-il vexé. Franck avait, lui, des choses à se reprocher.

— Que s'est-il passé ?

— Il est devenu incontrôlable. Il fréquente mon club depuis des années. Un de mes meilleurs clients. Mais il a passé les bornes.

— Le mois dernier ? Vous lui avez envoyé ce courriel...

— Ouais. Il était dans une salle avec Wally. Une de nos serveuses. Ce soir-là, il a pété un câble. Tout le monde les a entendus hurler.

— Wally est ici ? Je peux lui parler ?

— Elle dort.

— Réveillez-la !

— Hors de question. Elle est fatiguée.

— Je vous conseille d'aller la chercher sur-le-champ. Vous venez d'avouer, à demi-mot, que vos serveuses ont des relations sexuelles avec les clients. Une pratique qui s'apparente à du proxénétisme déguisé. Ça peut vous coûter cher. À votre place, je coopérerais.

La porte me claque au nez. Ai-je été trop menaçante ? Ou au contraire trop convaincante ? Est-il allé réveiller Wally ? Ou m'a-t-il laissée en plan dans ce couloir avec mes questions ?

Je frappe une nouvelle fois. Une minute s'écoule. Puis cinq. Yoann Tupier ne reviendra pas. Merde ! Je viens de griller une belle cartouche. Je suis trop impulsive. Ça m'apprendra ! Je tourne les talons lorsque la porte s'ouvre derrière moi. Une jeune femme vêtue d'un déshabillé de soie blanche et de bas noirs troués se glisse dans l'encadrement. Sa chevelure flamboyante est en bataille. Ses yeux rouges et brillants prouvent qu'elle vient de pleurer. Sa pâleur et sa maigreur sont effrayantes. Je souris pour lui inspirer confiance, mais n'obtiens aucune réaction en retour. Elle reste coincée dans l'entrebâillement, prête à refermer la porte à tout moment.

— Bonjour, mademoiselle. Je m'appelle Audrey. Vous êtes Wally ?

— Oui.

— Votre patron a dû vous expliquer la raison de ma venue.

— Franck est mort.

— Je suis désolée. Vous étiez proches ?

— Oui…

— Quel genre d'homme était-il ?

Elle hésite avant de répondre puis se lance.

— Drôle, généreux, intelligent. Il savait parler. Et écouter.

— Racontez-moi votre altercation.

— Franck était un dominateur. Il aimait me faire mal. M'entendre crier. Je lui faisais confiance, même s'il allait souvent très loin. Mais ce soir-là, j'ai cru que j'allais y laisser ma peau.

— Vous a-t-il blessée ?

— Oui. On était en train de… Enfin, vous voyez… J'ai senti une brûlure. À l'intérieur. J'ai passé mes doigts entre mes cuisses : j'étais en sang. Dans sa main, il tenait une lame de rasoir. Furieuse, je l'ai repoussé. Il m'a giflée. J'étais payée pour être sa chose. Je n'avais pas le droit de lui résister. J'ai senti dans son regard qu'il était capable de tout pour sa jouissance. Quitte à me mettre en danger.

— Je vais devoir vous convoquer au poste pour un interrogatoire plus approfondi, Wally. Votre témoignage est capital.

Elle plante son regard dans le mien. Ses yeux hurlent de sincérité.

— Je ne pouvais plus gérer son besoin de violence. Il me faisait peur, oui, mais j'aurais été incapable de le tuer.

— Une autre femme peut-être ?

— Je ne sais pas. Il voyait d'autres filles. Ici. Ailleurs. Et des ennemis, il disait en avoir beaucoup.

— A-t-il donné des noms ?

— Jamais. Vous savez… le secret professionnel…

— Bien. Si vous vous rappelez quoi que ce soit, n'hésitez pas à m'appeler.

Wally saisit ma carte du bout des doigts et s'empresse de refermer la porte.

Une séance privée de sadomasochisme aurait-elle mal tourné chez Tardy ? Une soumise l'aurait-elle puni pour les violences commises ? Je m'empare de mon téléphone et manque de le laisser tomber lorsqu'il se met à vibrer entre mes doigts.

— Où es-tu ? me demande Patricia sur un ton réprobateur.

— Je m'éclate dans un club SM. T'as déjà oublié ?

— Non. Si. Enfin, j'en sais rien. Il se passe tellement de trucs. D'après les premières constatations du légiste, la mort de Tardy remonterait à huit jours, soit mercredi 27 juin, entre 14 et 18 heures. Quant au crâne retrouvé sur la table, c'est un vrai. Gaël a consulté les plaintes déposées récemment par les cimetières parisiens. Et tu sais quoi ? Le caveau familial des Tardy a été profané. Il y a trois semaines.

6

Carlton

De retour sur la scène de crime, je retrouve Patricia et Ludo où je les ai laissés : dans le bureau de la victime. Ils semblent hypnotisés par l'ordinateur de Tardy. Je les salue en me retenant de leur demander, encore une fois, pourquoi ils s'entêtent à travailler ici. Je m'effondre sur un fauteuil et leur rapporte mon entrevue avec le propriétaire du club SM et Wally. Patricia hoche la tête sans m'interrompre et, mon récit terminé, prend la parole.

— Nous ne sommes pas au bout de nos surprises avec ce Franck Tardy. Sa boîte de réception est une vraie caverne d'Ali Baba. Ludo vient de trouver de nombreux échanges avec un marchand d'art. Il a vendu à Tardy la plupart des tableaux de cet appartement. Et tu avais raison : il y en a pour une petite fortune.

— Les transactions semblent en règle ?

— Oui. Ce marchand d'art dispose même d'une liste des œuvres convoitées par Tardy. En gros : dès que tu vois passer un Warhol…

— … tu m'appelles.

— Exactement. Cette pratique n'a rien d'illégal. Seule ombre au tableau : Tardy ne s'est pas acquitté de la facture de la dernière toile qu'il a achetée.

— Pourquoi ?

— Aucune idée. Les deux hommes ont échangé plusieurs e-mails à ce sujet. Tardy repoussait sans cesse l'échéance. Le marchand d'art s'est d'abord montré compréhensif. Mais ses derniers messages prouvent qu'il perdait patience.

— Je vais le voir ?

— J'allais te le proposer. Il s'appelle Joël Dunière. Voici son numéro de téléphone.

— Parfait ! Tu m'accompagnes ?

Patricia opine de la tête. Je la devine soucieuse. Elle, d'habitude enjouée et optimiste, semble morose. Se sent-elle dépassée par les événements ?

Ludo, qui pianote toujours sur l'ordinateur de Tardy, relève soudain la tête :

— Ça fait du bien quand vous arrêtez de parler.

J'éclate de rire. Patricia fulmine. Elle lui donne une tape sur la nuque, se lève, m'entraîne à l'extérieur du bureau et fait claquer la porte derrière elle. Comme si elle voulait me confier un secret, elle se met à murmurer :

— Cette Wally que tu viens de rencontrer… Elle n'entretenait pas qu'une relation pute/client avec Tardy.

— C'est-à-dire ?

— Ils se sont envoyé des centaines d'e-mails ces derniers mois. La plupart sont sans intérêt. D'autres en disent long sur la vraie nature de leur relation. Pour moi, c'est une certitude : Wally avait Tardy dans la peau et lui était raide dingue d'elle. Nous ne devons pas sous-estimer cette piste. Tu demanderas à Ludo de t'imprimer les e-mails en question. Tu verras : c'est croustillant…

— Je trépigne d'impatience. Et la famille de Tardy ? Elle a été prévenue ?

— Mathias s'en charge. Il va interroger les ex-femmes, les enfants et les petits-enfants.

— Et cette histoire de profanation ?

— Gaël a eu le responsable du cimetière de Neuilly-sur-Seine. Il y a trois semaines, le 12 juin, le mausolée familial des Tardy a été profané. Quelqu'un a forcé le cadenas et un cercueil a été ouvert.

— Lequel ?

— Celui de la dernière épouse de Tardy. Décédée en 2013 d'un cancer foudroyant. Le gardien a appelé les collègues à Neuilly, qui se sont empressés de prévenir la famille. Sur place, les enquêteurs ont constaté que le crâne manquait.

— Les caméras de surveillance fonctionnaient-elles ?

— Oui. Gaël doit visionner les enregistrements.

— La famille a déposé plainte ?

— Franck Tardy. En personne.

Derrière la porte, Ludo se met à crier.

— Tu peux venir voir, Pat !

Ma cheffe m'adresse un clin d'œil et rejoint l'informaticien.

Je retourne dans le salon. Les volets ont été ouverts. La lumière du soleil inonde l'appartement, mais la scène n'en semble pas moins glauque. Je déambule entre les toiles et les admire sous un autre jour. Sur mon carnet, je liste les œuvres. Je dresse aussi l'inventaire des pièces de designer qui meublent cet intérieur. Elles sont nombreuses. Tandis que j'observe une bibliothèque signée Ettore Sottsass, une marque sur le mur attire mon attention. Une tache jaune. Je la caresse du bout des doigts et détaille ses contours. Je recule d'un pas, plisse les yeux et questionne Vincent, un officier.

— En quelle année Tardy a-t-il emménagé ici ?

— 1995, répond-il sans me regarder.

Je m'interroge. Pourquoi tous les meubles sont-ils tassés les uns contre les autres dans ce coin de la pièce ? Je colle mon visage contre une cloison et devine, cachée par un vaisselier, une immense toile. Je sollicite l'aide de Vincent. Ensemble, nous déplaçons le meuble de quelques centimètres, assez pour que je puisse me glisser derrière. Stupéfaite, je découvre un imposant tableau de Salvador Dalí.

Tout ceci n'a aucun sens. Aucun collectionneur ne cacherait une telle œuvre derrière un vaisselier.

7

Dalí peignant Gala éternisée par six cornées virtuelles provisoirement réfléchies dans six vrais miroirs

Le marchand d'art a accepté de nous recevoir à 14 heures dans son bureau du VIe arrondissement. Patricia a pris le volant et passe son temps à râler contre les autres automobilistes. Quant à moi, je suis obsédée par la toile cachée.

— Pourquoi Tardy a-t-il mis un meuble devant cette œuvre de Dalí ?

— Il réorganisait peut-être son intérieur, suggère Patricia.

— Un collectionneur mettrait un tel tableau en évidence.

— Toi, tu as une idée derrière la tête…

— Oui. Tardy trempait peut-être dans des affaires de recel.

Elle hausse les épaules. Cette discussion ne l'intéresse pas. La preuve : elle change de sujet.

— Bon et toi ? Comment te sens-tu ?

— Ça va.

— Tu prends toujours tes médocs ?

— Oui. Le psy a prolongé mon traitement de six mois.

— Même dose ?

— Il l'a diminuée de moitié. J'essaie. Pas facile.

— Je suis là si tu as besoin de parler ou de…

— Tu ne peux rien pour moi, Pat. Mes problèmes sont enfouis dans mon cœur, cachés derrière une petite porte fermée à double tour. La clé, une seule personne l'a en sa possession. Moi.

— Prendre tous ces cachets n'est pas une solution…

— Je ne veux pas entendre ton avis à ce sujet, Pat.

— Ça me tue de me sentir impuissante.

— Tu ne l'es pas.

— Viens manger avec nous un de ces soirs. On discutera de tout ça calmement. Ça fait un bail que tu n'as pas vu Thierry…

— Pourquoi pas…

— Bon. Et les amours ? Tu vois toujours ce journaliste ?

— Lequel ?

— Comment ça lequel ?

— Je préfère ne pas en parler.

— OK ! Ça va ! J'ai compris.

La voilà vexée. Et une femme vexée, c'est une femme qui boude. Comme en témoignent les dix minutes de silence qui suivent. Quelle idiote je suis ! J'aimerais être moins agressive, moins impulsive, mais c'est plus fort que moi. Un jour, je suis capable de me confier à Patricia sans pudeur, le lendemain je lui reproche d'être trop curieuse.

Je m'enfonce dans le siège passager et me dévisage dans le miroir de courtoisie. Les résidus de coloration rousse ont enfin disparu. J'ai retrouvé mes cheveux blonds. Lorsque mon mec m'a plaquée, je me suis précipitée chez le coiffeur. Il m'a confirmé que beaucoup de femmes changeaient de tête après une rupture sentimentale. Pour mieux repartir de zéro. Je voulais être brune. Il a refusé et m'a suggéré le roux vénitien. J'ai accepté. Une semaine plus tard, je m'en mordais les doigts. J'ai écumé Internet pour trouver comment faire dégorger une coloration en un temps record. Après de nombreuses tentatives, je suis enfin parvenue à redevenir celle que j'étais.

Patricia enterre la hache de guerre lorsqu'elle se gare dans un parking souterrain. Elle me demande si j'ai bien pris mon carnet. Je lui adresse un clin d'œil accompagné d'un « oui, maman » qui lui arrache un sourire.

Cinq minutes plus tard, nous sonnons à l'interphone de Joël Dunière. Sans nous saluer, il déverrouille la porte d'entrée et nous indique, sèchement, que son bureau se situe au quatrième. D'un pas leste, nous grimpons les étages. La sueur coule dans mon dos. Patricia halète. Son surpoids rend tout effort physique difficile. Son calvaire prend fin lorsque nous arrivons sur le palier où le marchand d'art nous attend. Un homme grand, mince, séduisant. Il porte une chemise bleu ciel repassée avec soin et un pantalon à pinces. Sur ses tempes, quelques cheveux grisonnants ; sur ses joues, une barbe naissante.

Joël Dunière nous invite froidement à entrer. À ma grande surprise, il nous propose un café que nous acceptons volontiers. Choix stratégique : nous profitons de son absence pour inspecter son bureau à la décoration minimaliste: quelques meubles de belle facture, de grands murs blancs et une dizaine d'œuvres d'art emballées dans du papier bulle.

Le marchand d'art est de retour avec trois cafés. L'air hautain, il s'installe derrière son bureau, joint les mains devant sa bouche et ouvre les hostilités.

— En quoi puis-je aider la police ?

— Nous souhaitons tout d'abord vous faire part d'une triste nouvelle. Franck Tardy est décédé. Il a été assassiné.

Les yeux perdus dans le vague, Dunière garde le silence. Il se lève finalement, plante les poings sur les hanches et se poste devant la fenêtre. Patricia se tourne vers moi, perplexe, et hausse les épaules.

— Est-ce que tout va bien, monsieur Dunière ?

— Non. Je suis dans la merde. Franck Tardy avait une ardoise chez moi.

Nous sommes stupéfaites par sa réaction.

— L'heure n'est pas aux comptes, s'indigne Patricia. Votre client a été torturé à mort dans son appartement. Je vous épargne les détails, mais je peux vous assurer qu'il a passé un sale quart d'heure. Sinon plus.

Dunière se rassoit et, loin d'être impressionné par le capitaine, répond :

— Un Yves Klein. Plusieurs millions d'euros. Désolé, capitaine, mais je vous assure que l'heure est aux comptes.

— On vous restituera cette toile. Et je suis sûre que les amateurs d'anthropométries ne manquent pas.

Le marchand d'art me regarde avec étonnement. Une flic qui connaît Klein ? Il ne devait pas s'attendre à ça.

— Comment est-il mort ? Et quand ?

— C'est moi qui pose les questions, lui balance Patricia. Comment étaient vos relations avec M. Tardy ?

— Excellentes. Mon meilleur client. Un homme de goût. Sympathique. Cultivé. Brillant. Je l'ai rencontré lors d'une biennale d'art contemporain il y a quelques années. Nous nous sommes revus lors de ventes aux enchères, de vernissages, d'expositions. Un fou d'art. Je le croisais à chaque événement artistique. Il m'avait même remis la liste des œuvres qu'il convoitait.

— Et sa facture impayée ? Une pratique habituelle ?

— Non. C'était la première fois.

— Le connaissiez-vous plus… personnellement ?

— Pas plus que ça. Je savais qu'il était veuf. Qu'il avait plusieurs enfants et petits-enfants… Je n'en reviens pas qu'il ait été assassiné.

— Pensez-vous qu'une dette puisse conduire un homme à en torturer un autre ?

— Un homme, non. Un fou, oui.

— Êtes-vous fou ? lance Patricia avec un regard noir.

— Je vous demande pardon ? Vous n'êtes pas en train d'insinuer que… Oh, putain ! Si, vous êtes en train de le faire.

— Je n'insinue rien, lui lance-t-elle.

Patricia n'a pas apprécié la réaction du marchand d'art à l'annonce de la mort de Tardy, je le sais. Elle avale son café cul sec et se lève. Sans m'attendre, elle tourne les talons et se précipite dans la cage d'escalier. Je me retrouve seule avec Joël Dunière et bégaie avant de parvenir à constituer une phrase.

— Excusez-la. Elle est à fleur de peau. Nous avons eu une matinée difficile.

— J'imagine, me répond-il sèchement. Mais comprenez qu'il est insultant de se faire traiter de meurtrier juste après le déjeuner.

— Nous allons en rester là. Nous vous recontacterons.

— Pour savoir si, par hasard, je n'étais pas dans le XVIe arrondissement le jour du meurtre ?

— Exactement.

— Aucun souci. Revenez quand vous voulez me poser cette question. Mais je vous préviens : je refuse d'avoir affaire à cette mégère.

Je lui tends ma carte.

— Si un détail vous revient, n'hésitez pas à m'appeler.

Il hausse les épaules en soupirant.

— Il y a bien une chose.

Je tressaille.

— J'allais vous en parler avant que votre capitaine…

— Je vous écoute.

— Il y a un mois, je suis allé chez Franck Tardy pour lui livrer le Klein. Sur son palier, j'ai croisé une jeune femme furieuse.

— Une petite rouquine ?

— Non. Une grande brune. Une prostituée. J'en suis certain. L'appartement était sens dessus dessous. Franck était au milieu du salon. Les mains dans le dos. Hagard. Les yeux au bord des larmes. Je lui ai demandé si tout allait bien, mais il est resté silencieux. Dans la cour intérieure, j'ai entendu la nana hurler : « J'aurai ta peau, Tardy ! »

– Que vous a-t-il dit ?

– Rien. Il m'a fichu à la porte. J'ai posé le Klein dans le hall d'entrée, mais il n'a même pas daigné le regarder. Ce tableau dont il avait tant rêvé semblait le cadet de ses soucis. Après cet épisode, je n'ai plus jamais revu Franck. Nous n'avons qu'échangé par e-mails.

– Bien… Il ne me reste plus qu'à retrouver cette grande brune. Merci pour votre aide. Autre chose ?

– Oui, répond Dunière, en hésitant. Franck cachait quelque chose dans son dos… Il se tenait devant un grand miroir et, dans le reflet, j'ai pu voir… un couteau… Il cachait un couteau.

8

Palpebra

Patricia est assise dans la voiture, moteur en marche, climatisation et musique à fond. Impatiente, elle bat la mesure sur le volant. J'ouvre la portière et m'effondre sur le siège passager en soupirant.

— Je peux savoir ce qui se passe, Pat ? Pourquoi m'as-tu laissée en plan ? T'es pas nette !

Elle se tourne vers moi et me jette un regard glaçant.

— Comment as-tu pu garder ton calme face à cet abruti ?

— Pour l'enquête !

— Il ne nous sera d'aucune utilité.

— Comment peux-tu en être certaine ?

— Sa réaction ne t'a pas paru étrange ? Il apprend la mort de son client et sa première remarque concerne un impayé. Un mobile en or sur un plateau d'argent ! S'il était coupable, tu crois vraiment qu'il nous aurait parlé de cette ardoise ?

— Pas sûr.

— Voilà. Dès cet instant, j'ai senti qu'on perdait notre temps avec ce connard.

— T’es dure !

— Pitié, Audrey. Ne tombe pas sous le charme d’un mec pareil. Sinon, je jure que je te confisque tes barrettes de lieutenant.

Je souris sans lui avouer ne pas être insensible, justement, aux charmes de cet homme. Mieux vaut ne pas entamer ce débat avec Patricia.

Nous décidons de ne pas repasser par l’appartement de Tardy et de prendre la route du 36. Il va falloir composer avec les éléments à notre disposition et les informations glanées par le reste de l’équipe.

Dans le hall d’entrée, nous croisons Mathias.

— Tu as pu contacter les membres de la famille Tardy ? lui demande Patricia

— Oui. C’est la consternation. Tout le monde est sous le choc. Ses deux ex-femmes sont effondrées. Cet homme semblait aimé des siens.

Mathias nous tend une feuille sur laquelle il a dessiné un arbre généalogique.

— On commence avec Juliette, la première femme de Tardy. Ils ont eu trois enfants : Maxime, Florence, Pascal. Puis Louise. Une relation éclair : ils sont restés ensemble deux ans, mais ont eu le temps de donner naissance à Xavier. Enfin Jeanne avec qui Tardy a eu deux rejetons : Clarisse et Laëtitia.

— Jeanne. La sépulture profanée ?

— Oui.

— Et les dix petits-enfants ?

Mathias regarde son dessin sans parvenir à déchiffrer les autres noms.

— Je suis perdu. Laissez-moi le temps de mettre ce truc au propre.

— Je le veux d'ici une heure. Avec les noms, les adresses et les numéros de téléphone de tout ce beau monde.

— Oui, capitaine !

— Sais-tu pourquoi personne ne s'est inquiété de l'absence de Tardy ?

— D'après ses enfants, Franck ne tenait pas en place. Il n'informait jamais personne de ses déplacements. Il pouvait disparaître plusieurs jours sans donner de nouvelles. Bref: son silence n'avait rien d'inquiétant.

— Rien d'autre à signaler ?

— Si ! Laëtitia m'a appris que Franck Tardy avait revu son testament il y a un mois. Son père se confiait peu à ce sujet mais il lui a dit vouloir modifier ses dernières volontés. Elle m'a confirmé que Tardy était plein aux as et que l'argent n'était pas un problème pour lui. Pourtant, ces derniers temps, elle le trouvait moins généreux. L'une de ses petites-filles l'avait sollicité pour acheter une nouvelle voiture et elle avait écopé d'un refus.

— La famille était-elle au courant des loisirs sexuels de Tardy ?

— J'ai évoqué le sujet, mais je n'ai pas voulu insister.

— Tu aurais dû.

— Vous savez, capitaine, j'annonce à ces hommes et à ces femmes que leur père a été assassiné… Le moment est mal choisi pour les interroger sur la vie débridée du patriarche.

Patricia esquisse une moue désapprobatrice.

— Laëtitia connaissait-elle les nouvelles dispositions de son père ?

— Non. Mais d'après elle, il avait retrouvé l'amour. Il semblait plus heureux, plus serein. Elle l'a questionné à ce sujet. Il lui a répondu que les femmes le conduiraient à sa perte. Pour elle, c'est une évidence : une nouvelle compagne était à l'origine de la modification du testament. Elle a raison. Je viens d'avoir le notaire de Tardy à l'instant. Début juin, son client a ajouté une personne à ses légataires. Une certaine Alice Kerov. Je suis à sa recherche.

Patricia congédie Mathias en le remerciant. Elle le regarde s'éloigner, hausse les épaules et se tourne vers moi.

— Tu prends rendez-vous avec ce notaire ?

— Oui, cheffe !

Elle me dévisage en fronçant les sourcils puis, tout en se dirigeant vers son bureau, lance à mon attention :

— Viens dîner ce soir. N'apporte pas de fleurs. J'ai horreur de ça.

*

Je sors du métro Montparnasse en sueur. Je peste. Deux douches par jour ne sont pas suffisantes. Mon T-shirt est déjà trempé et de grandes auréoles se dessinent sous mes aisselles. Je pense aux premières constatations du légiste. Il m'a confirmé que les températures caniculaires avaient accéléré le processus de décomposition du cadavre. Lorsque les pompiers ont entrepris de le déplacer, le corps était dans un sale état. Ils ont dû manipuler ce tas de chair flasque avec beaucoup de précaution. Quelqu'un tire un peu trop fort et boum : on se retrouve avec des intestins et des asticots sur les pieds.

Me voici devant l'immeuble des Levêque. Je sonne à l'interphone et grimpe au deuxième étage. Thierry m'attend sur le palier, un grand sourire aux lèvres. Ses yeux pétillent.

— Audrey ! Quel plaisir ! Je suis ravi que Pat t'ait invitée.

— Je suis heureuse de te voir. Ça fait un bail !

Thierry me serre dans ses bras. Il est aussi paternel avec moi que Patricia peut être maternelle. Le lien qui nous unit tous les trois est unique.

J'entre dans l'appartement et constate, avec surprise, qu'il a beaucoup changé. Les peintures ont été refaites, de nouveaux meubles décorent le salon et un parquet massif a remplacé le carrelage. Thierry me confie avoir réalisé lui-même tous les travaux. Tout en parlant bricolage, il m'accompagne dans la cuisine d'où émanent d'appétissantes odeurs d'épices. Patricia a revêtu son plus beau tablier. Elle est penchée sur les plaques à induction, perdue dans un nuage de vapeur. Je m'approche de son épaule et souffle sur son cou. Elle sursaute.

— Tu m'as fichu une de ces trouilles, Audrey !

— Ça sent drôlement bon !

— Tajine de poulet. Ça te va ?

— Et comment !

Je me lèche les babines devant le plat qui mijote. Je ne suis pas un cordon bleu. Je mange par obligation plutôt que par plaisir. Mais la perspective d'un plat préparé avec amour sait mettre mes papilles en émoi.

Nous nous apprêtons à passer à table lorsque la sonnerie de mon téléphone retentit. Le numéro de ma mère s'affiche sur l'écran. Je m'excuse auprès de mes hôtes et m'isole dans le couloir pour décrocher.

— Je commençais à me faire du souci, Audrey.

— Nous nous sommes appelées ce matin.

— Je t'ai laissé trois messages cet après-midi. Tu n'as répondu à aucun.

— J'étais au boulot. Combien de fois devrai-je te répéter que je suis débordée ?

— Ne te fâche pas. J'ai compris. Je voulais juste savoir si tu avais pris ta décision pour dimanche ?

— À quel sujet ?

— Le repas. J'aimerais tellement qu'on mange ensemble.

— Ne compte pas sur moi. On vient de trouver un cadavre et je suis en charge de l'enquête.

— Un cadavre. Celui de Franck Tardy ?

— Comment tu…

— Ils ne parlent que de ça à la télévision. Un avocat à la retraite. Richissime. Talentueux. Torturé et assassiné chez lui. Pourquoi t'es-tu embringuée dans un tel métier ?

— Maman…

— Tu vas y laisser des plumes. Souviens-toi de ta dépression.

— Ça n'avait rien à voir.

— Mais tu sais que…

— Tu me fatigues, maman.

— Je te demande pardon ?

Je raccroche. Ma patience vient de trouver sa limite. Je râle, mais me félicite d'avoir échappé à un énième repas avec ma mère. Elle reviendra sans doute à l'attaque. Elle n'a pas dit son dernier mot.

Note pour moi-même: ne plus répondre à ses appels jusqu'à lundi prochain.

Soudain, je sens une présence. Je me retourne et découvre Thierry, une bouteille à la main.

— Je ne voulais pas te déranger pendant que tu téléphonais.

— Pas de souci.

— Vin rouge. Ça te convient ?

— C'est parfait.

Thierry sourit et retourne en cuisine. Mon regard se perd sur les nombreuses photos qui ornent les murs du couloir. Patricia qui se baigne dans l'océan Pacifique, les enfants qui apprennent à faire du vélo, le chien qui joue dans la neige… Chez les Levêque, on n'a pas les moyens d'acheter des œuvres d'art. Les souvenirs sont leur seule richesse. J'ai une pensée émue pour ma propre famille qui, aujourd'hui, se résume à ma mère. Je n'ai plus qu'elle. Elle n'a plus que moi. La culpabilité me submerge. Je regarde mon téléphone portable et, à l'instant où je m'apprête à la rappeler, l'écran s'illumine et la photo d'Alain apparaît.

— On a les résultats du FAED[1], m'annonce-t-il gaiement.

— Alors ?

— Une empreinte a matché. Un type interpellé il y a plusieurs années pour proxénétisme.

— Merde ! Qui est-ce ?

— Un type que tu connais. À qui tu as parlé aujourd'hui !

1. Fichier automatisé des empreintes digitales.

9

L'homme en costume de polyester

21 heures. XVIe arrondissement.

Je me gare devant La Douleur des Autres. Patricia observe l'immeuble avec dédain.

— Les bourgeois c'est comme les cochons, plus ça devient riche, plus ça devient…

— Ce sont des adultes consentants, Pat. Ils ne font de mal à personne.

— Vraiment ? Tu oublies la pauvre Wally. Et cette brunette qui voulait la peau de Tardy…

— Tous les amateurs de sadomasochisme ne sont pas comme lui.

— Je te trouve bien complaisante. Serais-tu adepte de ces pratiques ?

Je grimace de dégoût et donne un léger coup de poing sur l'épaule de Patricia. Si elle savait le dixième de mes débauches nocturnes, elle bouderait pendant une semaine.

Nous choisissons, au hasard, un nom sur l'interphone et sonnons. Une vieille dame à la voix chevrotante accepte de nous ouvrir. Patricia me suit vers les caves sans dire un mot. Sa langue se délie lorsque nous arrivons devant le club.

— Quand je pense qu'on a abandonné un tajine pour ça…

Malgré l'insonorisation des lieux, nous percevons de la musique. Une électro crade et saccadée. Un habillage sonore plus qu'une mélodie. La porte s'ouvre sur un homme en costume gris qui nous dévisage d'un air hautain et déguerpit en nous bousculant. Patricia en profite pour entrer.

— Qu'est-ce que tu fous ? T'as vu un fantôme ? me demande-t-elle.

— Tu ne l'as pas reconnu ?

— Qui ? Ce type ?

— Oui ! Le ministre de l'Écologie.

— Didier Bompant ? Non !

— Si, je t'assure !

— Qu'est-ce qu'il foutait là ?

— Du jardinage, sans doute ! T'as d'autres questions aussi connes, Pat ?

— Non, mais… Je suis surprise… Je ne l'imaginais pas fréquenter ce genre d'établissement.

— Comment peux-tu être aussi naïve ?

Nous nous dirigeons vers un comptoir qui semble faire office d'accueil. Une note indique que les photos sont interdites sous peine de poursuites. Ce message m'arrache un sourire.

Personne ne vient à notre rencontre. Normal : personne ne nous attend. Patricia décide de s'aventurer. Je la suis. Nous atterrissons dans une pièce sombre. Le plafond est bas, voûté. De l'humidité suinte le long des murs. La fraîcheur des lieux est un parfait contraste avec la chaleur écrasante des rues de Paris. Quelques néons roses offrent un éclairage sommaire, mais suffisant pour distinguer ceux qui fréquentent ce club. Des hommes et des femmes, vautrés sur des canapés en velours rouge, lovés entre de gros coussins. Moyenne d'âge cinquante ans. La plupart de ces gens sont nus ou vêtus de sous-vêtements en cuir. Un homme, aussi poilu que le Bigfoot, et à la démarche semblable, déambule entre les tables basses, avec pour seuls habits des bas noirs en résille et un soutien-gorge en vinyle. Je fuis son regard.

Patricia et moi détonnons dans ce décor. Pourtant, personne ne remarque notre présence. Tous sont trop occupés à parler sexe et supplices, comme en témoignent les bribes de conversations qui nous parviennent.

Je suis stupéfaite par l'atmosphère bon enfant. Je m'attendais à quelque chose de sordide. Ce n'est pas le cas. Ici, on consomme son plaisir dans la plus pure des normalités. Et dans le plus simple appareil. Je sens un coup de coude contre ma taille. Patricia, hébétée, m'invite à suivre son regard. Au fond de la pièce, des chaînes pendent du plafond. Deux femmes sont entravées, les bras en l'air. Des voyeurs les matent, impassibles, tandis que les deux prisonnières esquissent des rictus de douleur en se tenant sur la pointe des pieds. Ma coéquipière semble hypnotisée par la scène.

– On est là pour bosser ou pour se rincer l'œil, Pat ?

– Désolée.

– Secoue-toi ! Je n'ai pas envie de passer la nuit ici. Mettons-nous à la recherche de cet abruti.

— Quel abruti ?

— Yoann Tupier. Ressaisis-toi, bordel !

— Ah oui ! Tupier…

Je n'ai jamais vu Patricia comme ça. Son attitude m'agace autant qu'elle me trouble. Je prends son visage entre mes mains et la force à soutenir mon regard. Peine perdue. Comme dans un état second, elle se laisse tomber sur un canapé en cuir et m'invite à en faire de même.

— Hors de question ! Je pars à la recherche de Tupier. Attends-moi ici.

J'évolue dans le club sans accorder d'importance à ceux qui m'entourent. Un couloir attire mon attention. Il dessert plusieurs portes. Derrière elles, j'imagine des cris, des coups de fouet, des insultes, des plaintes, des jouissances. Soudain, un obstacle stoppe ma progression. Je lève les yeux. Yoann Tupier, le torse bombé, l'air menaçant, est planté devant moi. Je ne peux cacher ma satisfaction.

— Ravie de vous revoir !

— Qu'est-ce que vous foutez là ?

— J'ai quelques questions à vous poser.

— Bon sang ! Vous êtes plus tenace qu'une tique !

— Ne faites pas le malin, Tupier. Pas ce soir. Sinon j'appelle mes petits copains des Stups et vous risquez de passer un sale quart d'heure. Croyez-moi : mieux vaut traiter avec moi.

Aucune émotion ne transparaît sur son visage. Il est stoïque. Imperturbable. Indomptable.

— C'est qui elle ? dit-il enfin.

Je me retourne et me retrouve nez à nez avec Patricia. Elle a recouvré ses facultés. Et sa langue.

– Capitaine Levêque. Le lieutenant a été clair. Alors : on discute entre adultes ou on fait ça à ma manière ?

Les muscles de la mâchoire de Tupier se contractent. Il pousse un long soupir et, à contrecœur, nous invite à entrer dans son bureau. Il nous propose de nous asseoir, mais nous refusons. Patricia débute l'interrogatoire.

– Quand avez-vous vu Franck Tardy pour la dernière fois ?

– Il y a un mois environ. Lors de l'altercation avec Wally. Je l'ai fichu à la porte et je ne l'ai jamais revu.

– Êtes-vous déjà allé chez lui ?

– Jamais.

– En êtes-vous certain ?

– Évidemment. Quelle question !

– Pourquoi avons-nous relevé vos empreintes sur la scène de crime ?

Levêque 1. Tupier 0. Sourire de satisfaction sur le visage de ma cheffe. Je décide de prendre le relais. L'une de nos stratégies favorites : changer d'interrogateur pour mieux déstabiliser l'interlocuteur.

– Pouvez-vous répondre à la question posée par le capitaine ?

– Je… Oui. C'est vrai. Je suis allé chez Tardy.

– Quand ?

– Mercredi dernier.

– Mercredi dernier ?

– Oui ! Dans quelle langue faut-il vous le dire ?

– Quelle heure ?

– Vers 14 heures.

– Pourquoi ne pas me l'avoir dit ce matin ?

— Parce que j'ai flippé !

— Pourquoi avez-vous flippé ? s'enquiert Patricia.

Notre conversation prend des allures de match de ping-pong où les joueurs ne disposent d'aucune seconde de répit.

— Je suis allé voir Tardy pour le mettre en garde. Je voulais qu'il laisse les filles tranquilles. Elles avaient peur de lui. Il menaçait mon business, vous comprenez. Un fou furieux, ce mec !

— L'une des filles a-t-elle parlé d'une agression qui aurait eu lieu à son domicile ?

— Ouais. Tania. Il voulait lui sectionner le clitoris avec un couteau de cuisine. Voilà ! Vous vouliez du graveleux ? Vous en avez !

— Tania est-elle brune ?

— Oui.

— On peut la voir ?

— Elle ne travaille pas ce soir. Et je refuse que vous lui posiez vos questions à la con.

— Ne jouez pas à ce jeu avec nous. Vous êtes l'un des derniers à avoir vu Tardy vivant. À votre place, je ne ferais pas le malin.

Tupier ravale sa salive et baisse les yeux. Le voici dans une situation dont il se serait bien passé. Patricia lui demande sèchement les coordonnées de Tania. Il se dirige vers son bureau et note sur un Post-it le numéro de téléphone de la mystérieuse brunette. Patricia s'impatiente.

— Je résume, Tupier. Vous avez rendu visite à Tardy le jour de sa mort et vous n'avez pas communiqué cette information au lieutenant Audrey Durand, ici présente, lorsqu'elle vous a interrogé ce matin ?

— Putain ! Comment faut-il vous le dire ? J'ai flippé !

— La peur vous a fait prendre la plus mauvaise décision de votre vie, Tupier. À cause d'elle, vous devenez notre suspect numéro un. Grandiose !

Patricia jubile. Elle frappe dans ses mains de toutes ses forces.

— Je n'ai pas tué Tardy. Je voulais juste le remettre à sa place. Mais vous vous en foutez… Ce qu'il vous faut, c'est un coupable ! Allez-y ! Coffrez-moi ! J'ai un bon avocat et vous n'avez rien contre moi ! Des empreintes ? Et alors ? Vous en avez trouvé d'autres sur la scène de crime, en plus de celles de Tardy.

Nous sommes stupéfaites. Cet abruti a raison. Alain a relevé différentes empreintes : celles de la victime, de Tupier et celles d'une troisième personne inconnue au bataillon.

— Comment le savez-vous ? demande Patricia en fronçant les sourcils.

— Lorsque je lui ai rendu visite, Tardy n'était pas dans son état normal. Il n'a pas écouté ce que j'avais à lui dire. Il n'a même pas essayé de se justifier. Sa fierté avait disparu, son arrogance aussi. Je ne reconnaissais plus l'homme qu'il était. Et puis il y avait cette détresse dans son regard. Oui… Un appel au secours. Tardy me demandait de l'aide. Je l'ai compris, mais je m'en foutais. Il me dégoûtait. Avant de partir, j'ai vu quelque chose bouger derrière lui. Ou plutôt quelqu'un. Une silhouette. Je n'ai fait le rapprochement que ce matin, lorsque vous m'avez interrogé. Voilà pourquoi j'ai flippé. Mercredi dernier, l'assassin de Tardy était dans son appartement. Au moment où je m'y trouvais…

10

Contes barbares

Tupier nous raccompagne vers la sortie. Dans le grand salon, de nombreux couples ont commencé leurs ébats, les uns se mélangeant aux autres avec un naturel déconcertant. La musique est de plus en plus forte. D'étranges odeurs flottent dans l'air, parfum inédit mêlant transpiration, sperme et cannabis.

Dans le hall d'entrée, Tupier est interpellé par une cliente. Il nous salue poliment et assure se tenir à notre disposition. Je reste méfiante. Et ses pseudo-remords au sujet de Tardy ne me feront pas changer d'avis.

Dehors, la chaleur est toujours aussi étouffante. Je regretterais presque la fraîcheur de la grotte des plaisirs inavouables. Patricia sort son téléphone portable et se met à composer le numéro fourni par Tupier. Après trois essais infructueux, elle soupire.

— Tania ne répond pas.

— On s'en occupera demain, Pat.

— Tu as raison. On retourne à notre tajine ?

— J'ai l'appétit coupé, si tu vois ce que je veux dire.

— Viens boire un café.
— Je suis un peu fatiguée…
— Mais on avait prévu de passer la soirée tous les trois.
— Oui. Avant de se retrouver dans un club SM. On remet notre dîner à une autre fois ?
— Je te ramène chez toi ?
— Non. Je vais prendre le métro.
— OK ! Sois prudente.
— Oui, maman !
Je me retrouve seule dans les rues du XVIe. J'ai menti à Patricia : je ne suis pas fatiguée. Le programme de ma fin de soirée ? Boire. Danser. Et oublier cette atroce journée.

Après avoir changé de quartier, je croise enfin la route d'un rade qui me convient. Odeurs d'alcool et de tabac, malgré l'interdiction. De grandes enceintes crachent du Metal crasseux. La faune est typique : tatouée et percée. J'imagine la tête de Patricia si elle me voyait dans un tel endroit, ingurgiter des litres de bière et de vodka… Je l'entends même me sermonner. « Tu m'as dit que tu avais arrêté de boire, que tout allait bien, que tu t'en étais sortie. » *Et patati et patata.* Patricia me surprotège. Ça la rend aussi chiante que ma propre mère. Comment lui faire comprendre que je n'ai pas besoin de ses conseils ? Qu'aucun contrat ne nous lie, elle et moi ?

Je m'installe au comptoir. Sur un écran, MTV diffuse « Happiness in Slavery » de Nine Inch Nails. Un comble : la chaîne avait banni cette vidéo lors de sa sortie dans les années 1990. Dans ce clip, l'artiste Bob Flanagan se déshabille puis se lave avant d'être attaché et torturé à mort par une machine. Jouit-il de cette souffrance ? Sans doute. Le performeur était connu pour ses penchants sadomasochistes. Les images du club reviennent hanter mon esprit. Pour certains, la frontière entre douleur et plaisir peut être ténue.

Le barman, un grand blond avec une barbe de Viking, prend ma commande et jette devant moi un sous-bock avec le logo du bar : une cicatrice sanguinolente d'où jaillissent les flammes de l'enfer. J'aimerais oublier l'enquête, mais je n'y arrive pas. Elle m'obsède. Une intuition se cache dans un coin de mon cerveau. Elle se terre, peureuse. Je dois la faire sortir de ses retranchements, mais une voix m'en empêche.

— Je vous offre un verre ?

Un mec se tient à côté de moi. Je le détaille de la tête aux pieds et hoche la tête sans conviction. Il s'assied sur un tabouret, l'air enjoué.

— Vous prenez quoi ?

— Je viens de commander, merci.

Ma bière atterrit à ce moment sous mon nez. Je n'ai pas le temps de dégainer mon porte-monnaie : mon nouvel ami règle l'addition.

— Stéphane, dit-il en tendant son verre pour trinquer. Et toi ?

J'hésite quelques secondes. Quel pseudonyme vais-je choisir aujourd'hui ? Je jette finalement mon dévolu sur Lucie.

— Enchanté ! Tu viens souvent ici ?

Le match des banalités vient de commencer.

— Pas vraiment.

— T'es d'où ?

– Oberkampf.

– Y a beaucoup de bars là-bas. Qu'est-ce que tu fais ici ?

– J'étais dans le coin. Pour le boulot.

– Tu travailles dans quoi ?

– Je suis conservatrice. Au musée d'art moderne.

Mentir est devenu un tic. Une tenue de camouflage. Ne jamais dire aux inconnus qu'on est flic. Encore moins aux mecs. Ça fausse leur jugement.

– L'art, c'est cool, répond-il en souriant. La Joconde, tout ça…

J'ouvre de grands yeux, abasourdie par la naïveté de cette remarque. Mon nouvel ami se lance ensuite dans un long monologue. Ses propos sont décousus, incohérents. Est-il ivre ou stupide ? Impossible de le savoir. Je vide mon verre et cherche une excuse pour prendre congé de cet abruti. Dieu a dû entendre ma détresse : il m'envoie une petite voix qui murmure un « madame » au creux de mon oreille. Je pivote sur mon tabouret et me retrouve face à une grande métisse aux cheveux orange. Une occasion en or ! Je saisis le bras de cette femme et m'exclame :

– Enfin, te voilà ! J'ai cru que tu avais oublié notre rendez-vous.

Je l'entraîne au fond du bar sans même saluer mon Don Juan qui, hébété, nous regarde nous éloigner. Lorsqu'il a disparu de mon champ de vision, je remercie la belle métisse de m'avoir, malgré elle, tirée d'un mauvais pas.

– Vous êtes flic ? demande-t-elle à voix basse.

Je frémis. Moi qui voulais passer inaperçue, c'est loupé.

— Comment le savez-vous ?

— On peut s'asseoir cinq minutes ?

— Bien sûr.

— Je m'appelle Salma. Je travaille pour Yoann Tupier.

Mon sang ne fait qu'un tour.

— Vous étiez dans son bureau tout à l'heure, poursuit-elle. J'ai entendu votre conversation. Quand vous êtes partie, je vous ai suivie pour pouvoir vous parler seule à seule. Je peux compter sur votre... discrétion ?

— Bien entendu !

La métisse se tortille sur la banquette comme une enfant. Ses formes pulpeuses sont moulées dans une robe courte au motif léopard. Sur son décolleté, de longues entailles strient sa peau chocolatée d'un rose fluorescent.

— Ne dites pas à Yoann que je vous ai parlé. Ça le mettrait en colère.

— Je comprends.

Avant de poursuivre, Salma jette un regard autour d'elle, puis, méfiante, se penche vers moi.

— Vous le suspectez dans l'affaire Tardy, c'est ça ?

— Oui. Et s'il continue à faire obstruction à l'enquête, il sera bien plus qu'un suspect.

— Tupier n'est pas un mauvais gars. Il nous aime comme ses propres filles. Il veille sur nous. Il nous protège.

— Il protège surtout son compte en banque. Si ses activités venaient à être entachées par des histoires de meurtres, il pourrait dire adieu à son petit business.

– Yoann n'est pas qu'un homme d'affaires. Il a sorti la plupart d'entre nous de la rue. Nous sommes nourries, logées et bien traitées.

– Ça reste du proxénétisme déguisé, Salma. Il ramasse un paquet de fric grâce à vous, ne l'oubliez pas.

– Je m'en fiche. Je préfère travailler pour lui que faire le trottoir. Je suis en sécurité dans son club.

– Si vous le dites... De quoi vouliez-vous me parler ?

– De Franck.

– Tardy ?

– Oui. Je le connaissais bien. J'étais l'une de ses favorites. Ce type n'était pas sadomasochiste. Il était fou à lier ! À La Douleur des Autres, personne ne fait de mal à autrui sans son consentement. Personne n'est mis en danger. Jamais. J'ai vu des femmes enchevêtrées au point de ne plus pouvoir respirer. Elles n'avaient qu'un mot à dire pour que leur maître desserre les liens. J'ai vu des sadiques présenter des excuses, faire preuve de compassion et d'amour. Tardy était, lui, prêt à tout pour son plaisir. Même à tuer.

– Pardon ?

– Oui. Le sang le faisait bander. C'était sa pilule bleue. Il payait trois fois plus cher pour avoir des rapports sexuels avec nous pendant nos règles. Il faisait des trucs avec ça... Vous ne pouvez pas imaginer...

– Tupier est-il au courant ?

– Non. On faisait tout ça dans son dos. Tardy nous payait au black. Au début, c'était cool. Ça arrondissait les fins de mois. Mais on s'est vite rendu compte de la merde dans laquelle on s'était fourrées.

La prostituée se redresse sur la banquette. Elle croise les bras et détourne le regard. Ses yeux se mettent à briller.

— Avez-vous essayé de vous défendre ?

— Se défendre du gros Tardy ? Vous nous avez vues ?

Salma éclate de rire. Elle tend devant elle deux mains manucurées avec soin. De grands ongles rouges, durs, pointus. Une image me revient : les bras de Tardy striés de griffures.

— D'après vous, qui aurait pu assassiner Franck Tardy ?

— Certainement pas Yoann.

— Comment pouvez-vous en être sûre ?

— Je le sais. Je le sens. Yoann n'a rien à voir avec tout ça. Interrogez Wally à ce sujet. Elle vous dira la même chose.

— J'ai eu une brève discussion avec elle ce matin. Mais elle n'est pas très loquace.

— Dites-lui que je vous ai parlé. Ça la rassurera.

— Il paraît qu'elle entretenait une relation spéciale avec Tardy.

— Oh, oui ! Elle était amoureuse…

— Vous êtes proche d'elle ?

— Comme sœurs ! Les galères, ça rapproche. Je l'ai mise en garde, mais elle s'en fichait. Elle aimait Tardy et lui pardonnait tout.

— Tupier m'a parlé de leur altercation.

— Oui. C'est suite à cet épisode que je l'ai convaincu d'expulser Tardy. Il a accepté.

— Et ?

Salma hausse les épaules et esquisse une moue.

— J'ai découvert que Wally voyait ce malade en dehors du club. Ça m'a minée. J'en ai parlé à Yoann qui a remis Franck à sa place. Une dernière fois.

— Pourquoi ne pas avoir dénoncé Tardy à la police ?

— Vous êtes sérieuse ? Vous imaginez la gueule de la déposition ? Une pute sado-maso qui porte plainte contre un avocat ? Vous êtes flic. Vous savez que vos collègues m'auraient ri au nez.

La prostituée jette une nouvelle fois un œil vers la porte d'entrée et se lève brusquement. Elle me laisse seule sur la banquette crasseuse et disparaît dans la foule. En la regardant s'éloigner, cette intuition qui me titillait quelques minutes auparavant devient de plus en plus forte. Les images du club défilent devant moi. Des corps nus qui ne font plus qu'un. Des murmures de plaisir. Et au cœur de ce tumulte, la violence. Partagée. Une communion. Qui lie les hommes et les femmes aux frontières du danger.

Je tressaille. Wally. Tania. Salma.

Personne ne pouvait les protéger.

La mort de Tardy était-elle leur dernier recours ?

11

Pigs

L'odeur du métro est étrange. Comme si les profondeurs de la terre étaient imprégnées d'un parfum unique.

Je m'effondre sur un strapontin et tends les jambes. La rame est presque vide. La solitude est propice à la réflexion. Et au pessimisme. L'enquête sur le meurtre de Tardy se profile mal, je le sens. Et mon intuition ne me trompe que rarement.

Dans mon carnet, je compile les informations fournies par Salma. Je dois parler à Alain, le technicien des scènes de crime. Plusieurs hypothèses me trottent dans la tête et lui seul peut m'aider.

Le métro s'arrête. Je regarde l'heure sur mon téléphone portable. Pour rentrer chez moi, je dois descendre ici. Mais je ne bouge pas. Quatre stations plus tard, je prends la correspondance qui m'emmène dans le XVIIe arrondissement. Au 36, rue du Bastion. Où se trouve désormais la direction régionale de la police judiciaire[1].

---

1. La police judiciaire était historiquement située au 36, quai des Orfèvres, jusqu'à son déménagement dans le XVIIe arrondissement

La Crim' est en pleine effervescence. Il est bientôt minuit et, pourtant, les locaux sont aussi animés qu'en pleine journée.

Je suis consciente de la place qu'occupe mon travail dans ma vie. Mes jours. Mes nuits. Mes week-ends. Et, quand je m'accorde du répit dans un bar, l'enquête et ses démons me rattrapent. Aucun flic n'y échappe. C'est notre lot commun.

Je décide de faire un crochet par la machine à café. Double expresso. Sans sucre. De quoi tenir encore quelques heures.

Dans le couloir, je croise Mehdi en train de dévorer un sandwich.

— Tu es encore là ?

— Le capitaine m'a demandé de retrouver Alice Kerov.

— La nouvelle légataire de Tardy ?

— C'est ça. J'essaie aussi de joindre Tania. Ça fait dix fois que je l'appelle. Personne ne répond.

Je ne peux cacher ma surprise.

— Qui t'a donné son numéro ?

— Patricia.

— Elle est ici ?

— Oui. Bon, si vous permettez, Audrey, j'ai une Alice à retrouver, et j'espère qu'elle n'est pas tombée dans le terrier d'un lapin, si vous voyez ce que je veux dire.

Mehdi me quitte sur un clin d'œil. Je bondis dans le couloir, pousse la porte du bureau de

---

de Paris, en juillet 2017, rue du Bastion. Afin de garder l'appellation « 36 », un numéro factice a été attribué à l'entrée des nouveaux locaux, également surnommés le « Bastion ».

Patricia et trouve ma supérieure le nez dans ses dossiers.

— Pat ! Qu'est-ce que tu fous ici ?

Elle se redresse, surprise.

— Et toi ? Quel bon vent t'amène ? Je croyais que tu étais fatiguée…

Je lui raconte mon entrevue avec Salma en omettant de préciser qu'elle m'a suivie dans un bar. Dans cette version édulcorée, je n'ai pas bu une goutte d'alcool et la jeune métisse m'a abordée dans la rue, alors que je rejoignais la bouche de métro. Patricia est sidérée par notre conversation et par la détermination avec laquelle la prostituée a défendu son mac.

— Comment peut-elle être persuadée de l'innocence de Tupier ? s'indigne Pat.

— Parce qu'elle est impliquée dans le meurtre ?

— Un règlement de comptes ?

— Pourquoi pas. Les filles ont-elles voulu donner une leçon à Tardy en le séquestrant et en le torturant ? Leur vengeance tourne mal et elles tuent ce pauvre type par accident ?

Patricia est dubitative. Des preuves me manquent pour appuyer mon propos. Je m'empare de son téléphone et compose à tout hasard le numéro de la ligne directe d'Alain.

— Allô ?

— Alain ! Encore là ?

— Je voulais mettre le dossier Tardy au propre avant de partir.

— Aurais-tu cinq minutes à m'accorder ? J'aimerais te poser quelques questions.

— Cinq minutes. Pas une de plus.

— Parfait ! Je suis dans le bureau de Patricia. Nous t'attendons.

Le technicien nous rejoint, la mine déconfite. La fatigue se lit sur son visage. Il dépose devant nous deux pochettes cartonnées. Chacune contient ses constatations, les photographies prises sur la scène de crime et les plans de l'appartement.

— T'as fait combien de photos, Alain ? demande Patricia en parcourant la liasse de clichés.

— Je n'en sais rien. Beaucoup. C'était une belle scène de crime. J'en ai profité.

— D'après toi, les blessures de Tardy ont-elles été infligées par différentes personnes ?

Le technicien laisse échapper un sifflement.

— Différents outils ont été utilisés pour torturer cet homme, c'est une certitude. Par plusieurs personnes ? Difficile à affirmer. Dans tous les cas, les sévices infligés à Tardy sont de nature différente. Par exemple, les entailles sur les bras ont été réalisées à la va-vite et sont superficielles. En revanche, celles sur le torse sont plus profondes. Quant au morceau de peau dans le dos de Tardy, il a été prélevé avec beaucoup de minutie. La coupe est nette et précise. Le meurtrier a tailladé avec violence le corps de sa victime, mais il l'a écorché avec soin.

Je me tourne vers Patricia.

— Nous devrions aller voir le légiste.

— Déjà fait.

Je peine à contenir mon irritation.

— Tu l'as vu seule ? Tu aurais pu m'attendre !

— On n'a pas besoin d'être dix mille pour écouter ses conclusions.

— Dix mille, non. Deux, oui.

Alain élève la voix.

— Eh, les filles ! Du calme ! Je ne suis pas venu dans ce bureau pour arbitrer vos chamailleries.

— OK. Excuse-moi. J'aurais dû t'attendre.

— Excuses acceptées ! Bon : que dit le rapport médico-légal ?

— Une hémorragie a entraîné la mort. Tardy était conscient durant son supplice. Un vrai calvaire. Long. Et douloureux.

— Et était-il mort quand on lui a découpé la peau du dos ?

— Oui. Le prélèvement a eu lieu *post-mortem*.

— Avait-il un signe distinctif à cet endroit du corps ? Un détail que l'assassin aurait voulu faire disparaître ?

— Mathias a interrogé ses ex-femmes à ce sujet. Tardy avait effectivement un tatouage dans le dos. Au niveau de l'omoplate droite. Un truc minuscule réalisé lorsqu'il était ado. « 24 25 26 ». Personne ne sait ce que signifie cette suite de chiffres.

— Le légiste n'a rien remarqué d'autre de suspect ?

— Non. Mais le cigare consumé sur la table reste pour lui une énigme. Tardy n'était pas fumeur. Ses poumons étaient en parfait état.

— Le cigare aurait-il été fumé par le meurtrier ?

— Impossible, affirme Alain. Il n'y avait aucune trace de salive.

Nous soupirons à l'unisson. Après un long silence, le technicien quitte le bureau de Patricia en nous conseillant de suivre son exemple et d'aller nous coucher. Je sais que ma supérieure se fiche de dormir. Une affaire comme celle-ci peut la tenir éveillée des jours durant.

— Alain a raison. Je rentre me reposer, dis-je finalement.

— En emportant le dossier Tardy ?

— Au cas où je n'arrive pas à m'endormir.

Patricia me tend une copie du rapport d'autopsie en riant.

— Tiens. De la lecture supplémentaire.

J'ouvre le dossier et tombe sur une photographie du dos écorché.

— Pat ?

— Oui ?

— Tu te souviens du psychopathe dans *Le Silence des agneaux* ?

— Et comment ! Un type qui récupère des morceaux de peau pour en faire des abat-jour.

— C'est ça. Un collectionneur.

Patricia me dévisage. Je n'ai pas besoin d'en dire plus. Elle a compris. Notre homme pourrait avoir le profil d'un collectionneur. Si tel est le cas, nous allons nous retrouver bien vite avec d'autres cadavres sur les bras.

12

Intérieur

Je jette le dossier Tardy sur la table basse du salon et attache mes cheveux avec un élastique. La chaleur dans mon appartement est écrasante. Je me débarrasse de mon holster, me déshabille et me précipite sous la douche. L'eau fraîche me revigore. Je me mets à chantonner, mais m'interromps aussitôt, alertée par un bruit de pas. Le parquet craque dans le couloir et la porte de la salle de bains s'ouvre dans un grincement. Je bondis hors de la douche et me retrouve nez à nez avec Ben.

— Tu m'as fait peur !

— Désolé, Audrey.

— Tu es resté chez moi toute la journée ?

— Non. Je me suis levé à 8 heures pour aller bosser. Puis je suis revenu à 19 heures et j'ai attendu ton retour.

— Tu n'as pas trouvé mon message sur la table de chevet ?

— Celui dans lequel tu me demandais de foutre le camp ?

— Non. Ce n'est pas ce que j'ai écrit. Je disais que c'était cool, mais que je préférais en rester là.

— J'ai le droit de donner mon avis, non ?

La peur s'empare de moi. Sentiment renforcé par l'absence d'expression sur le visage de Ben. C'est la première fois que l'un de mes amants attend mon retour pour débattre de ma décision.

J'enfile un peignoir, me dirige vers la cuisine et propose à mon « invité » quelque chose à boire. Histoire de détendre l'atmosphère.

— Je n'ai pas soif.

D'un geste sec, il saisit mon bras. Ses doigts serrent mon poignet. La douleur m'arrache un cri. Je gesticule et parviens à me libérer de son étreinte. Son visage est insondable. Cet homme serait-il capable de me faire du mal ?

— Je veux que tu quittes mon appartement. Tout de suite.

J'essaie d'être ferme. En réalité, je suis terrorisée. Ben est grand, costaud. Je ne fais pas le poids.

— Laisse-moi une chance, Audrey.

Jusqu'à présent, j'ai gardé mon sang-froid. Mais je n'y arrive plus. Comment connaît-il mon *vrai* prénom ? Je ne le donne jamais aux Roméo de passage. Ce type aurait-il fouillé dans mes affaires pendant mon absence ?

— Je veux que tu partes, Ben. Maintenant !

Ses sourcils se froncent, ses muscles faciaux se contractent. Une lueur traverse son regard : celle de la colère. Il lève la main et me gifle. Je vacille et recule d'un pas. Je reprends mes esprits juste à temps et évite une seconde sommation. Il s'est métamorphosé. Cette fois, j'en ai la certitude : il est capable du pire.

Je m'élance vers mon holster. Pas assez vite. Ben me rattrape et me sanctionne en me donnant un coup de poing dans le ventre. Pliée en deux, j'étouffe. Il arrache mon peignoir. Je me débats. En vain. Un sentiment d'urgence s'empare de moi. Mais aussi de désespoir.

Les mains de mon agresseur caressent ma peau. Elles se baladent sur mon corps en toute liberté, comme si je les y avais invitées. Ma vue se trouble. Vais-je perdre connaissance ? Non. Au contraire. L'adrénaline monte et décuple ma force. Grâce à elle, je parviens à me dégager de l'étreinte du monstre et à bondir sur mon jean. Je m'agenouille, tâtonne et sens enfin mon holster. Je m'en empare, dégaine mon arme de service et la pointe sur Ben. Il se fige.

— Tu as dix secondes pour quitter cet appartement et disparaître de ma vie. Si, dans onze secondes, tu es encore là, crois-moi : je n'hésiterai pas. La terre ne se portera pas plus mal avec un connard de moins.

Moins de cinq secondes lui sont nécessaires pour se ruer dans la cage d'escalier. Je me précipite sur la porte et ferme le verrou à double tour. Mon corps est secoué de spasmes. Je voudrais pleurer mais je n'y arrive pas. Je suis tétanisée. Je glisse le long du mur, terrifiée par ce que je viens de vivre et, plus encore, par ce à quoi je viens d'échapper. Ma main droite est serrée autour de mon arme. Je tremble comme une feuille. J'aurais été incapable de viser juste si je l'avais voulu.

Sans attendre, j'appelle un serrurier.

Puis je me sers un verre de vodka et m'effondre sur le canapé.

En pleurs.

Une demi-heure plus tard, la sonnette retentit. Je colle un œil contre le judas.

— Oui ?

— Entreprise Peyre.

J'ouvre la porte et me retrouve face à un homme bedonnant d'une soixantaine d'années.

— Vous avez retrouvé vos clés ? me demande-t-il.

— Je ne les ai pas perdues…

— En général on m'appelle parce qu'on est enfermé dehors.

— Eh bien l'exception fait la règle.

— L'intervention de nuit va vous coûter une blinde. Si vous voulez, je reviens demain matin.

— Je veux que vous changiez ma serrure maintenant !

J'insiste sur chaque mot comme si je m'adressais à un imbécile. Le serrurier comprend qu'il est inutile de discuter et se met au travail.

Je tâtonne l'arrière de mon jean. Sentir mon arme à portée de main me rassure. Se faire agresser est traumatisant. Au-delà du choc émotionnel, une agression éveille en vous une pathologie qui ne vous quitte plus : la paranoïa. Un sentiment incessant de vulnérabilité.

Ben. Ses gestes dégoûtants. Ses mains sur ma peau. Son regard pervers. Son sourire hideux. Je dois m'occuper l'esprit sinon je vais devenir dingue. J'attrape le dossier Tardy et m'isole dans la cuisine. Sur la table, j'étale les photos prises par Alain et les détaille l'une après l'autre. Je me ressers un verre de vodka. Puis un autre. Jusqu'à ce que, ivre, je m'endorme sur la table.

Une main sur mon épaule. Je sursaute.

— J'ai fini, m'dame. Vous voulez la facture pour l'assurance ?

Les murs dansent autour de moi. Qui est cet homme ?

— Ça va m'dame ?

La serrure. C'est ça. Ce type est le serrurier.

— Oui. Tout va bien. Désolée. Je m'étais assoupie.

— Vous regardez vos photos de vacances ?

Devant moi, les clichés du meurtre de Tardy. Je referme le dossier.

J'arrache la facture des mains de l'artisan et manque de m'étouffer. Fébrile, je lui signe un chèque et le mets à la porte sans le remercier.

Je retourne dans la cuisine en mode zombie et rassemble les photos. Je n'ai pas envie de bosser, ni de dormir. J'allume mon ordinateur et clique sur l'icône de Netflix à la recherche d'une nouvelle série. Tandis que j'épluche les recommandations, mon téléphone se met à vibrer. Mehdi. Son texto me laisse sans voix.

« Alice Kerov et Wally ne font qu'une. »

13

Le retour du fils prodigue

J'entre dans la salle de réunion à 9 h 10 en m'excusant pour mon retard. Alain, Mehdi, Gaël et Mathias ont déjà pris place autour de la grande table ovale, carnet et stylo en main. Je suis surprise de ne pas voir Patricia.

— Elle avait un coup de fil à passer, me répond Alain. Ça va, toi ?

— Nickel !

Que dire d'autre ? Que, cette nuit, un mec a tenté de me violer ? Que dans un accès de paranoïa j'ai dépensé huit cents balles pour changer la serrure de mon appartement ? Que j'ai ensuite noyé mon chagrin dans la vodka ? Non.

Alain a, lui aussi, mauvaise mine. Ses yeux sont cernés de noir, ses cheveux sont en bataille. La fatigue se lit sur son visage, mais elle n'entache en rien sa camaraderie.

— Il faut dormir, Audrey. Personne ne peut s'en charger à ta place, me conseille-t-il d'une voix pleine de bienveillance.

— T'inquiète ! Je suis en pleine forme !

— Ça se voit. Par contre, tu penseras à remettre ton chemisier à l'endroit.

Je rougis et m'assieds. En attendant l'arrivée de notre cheffe, mon regard s'attarde sur Mathias. Un homme réservé à la timidité maladive. La faute à une enfance difficile. Il avait trois ans lorsque ses parents sont décédés dans un accident de voiture. Il a passé son adolescence ballotté de famille d'accueil en famille d'accueil, écumant les pires foyers. Il aurait pu mal tourner. Mais intégrer les rangs de la police était devenu son objectif, la condition *sine qua non* pour s'en sortir la tête haute. Sa détermination a fait des miracles et il ne lui a pas fallu beaucoup de temps pour grimper les échelons. Aujourd'hui, il est devenu l'un des meilleurs éléments du Bastion. Sur le plan personnel, la réussite est moins belle. À trente-cinq ans, Mathias est célibataire malgré lui : aborder les femmes constitue un challenge insurmontable.

Dans les couloirs de la Crim', on dit en revanche que pas une flic du 36 n'a résisté à Gaël. Difficile de contester ces rumeurs : j'ai moi-même cédé à ses avances. Il est abonné aux relations sans lendemain. Pour lui, c'est un mode de vie. Le célibat est sa religion. Deux fois divorcé, père de quatre enfants, Gaël a raccroché les gants de la stabilité affective en échange d'une vie sexuelle débridée. Son physique avantageux ne peut que l'y encourager. Ce grand brun aux yeux bleus est capable d'emballer une nana en un battement de cils. C'est d'ailleurs grâce à son charme et à ses belles paroles que de nombreux suspects passent aux aveux.

Mehdi, vingt-cinq ans, est le petit dernier de l'équipe. Issu d'une banlieue parisienne difficile, fils d'immigrés marocains, ses débuts dans la police ont été mouvementés. Bizutage. Racisme. Moqueries. Les flics de la Crim' ne voyaient en lui qu'une racaille de banlieue bonne à rien sinon à brûler des voitures. Grossière erreur. Doté d'une grande gentillesse et d'un calme à toute épreuve, Mehdi n'a pas son pareil pour écouter les malheurs des autres. Il est la personne idéale pour recueillir témoignages et dépositions. « Écouter. Ne jamais juger ». Tel est son credo. D'humeur toujours égale, il est mon petit préféré. Mon protégé.

Patricia nous rejoint enfin. Elle nous salue avec un sourire crispé. Ses yeux brillent, ses joues sont écarlates. On dirait qu'elle a pleuré.

— Wally Neuzil est le pseudonyme d'Alice Kerov, dit-elle en s'asseyant. Un classique. Les prostituées utilisent souvent des pseudos. Nous allons nous rendre chez elle pour…

J'interromps ma cheffe pour lui faire part de mon étonnement.

— Chez elle ? Elle n'est pas logée chez Tupier comme les autres filles ?

— Non. Elle habite un petit studio qui appartiendrait… à Tardy. Mehdi : tu as pu contacter Alice pour prendre rendez-vous ?

— Je l'ai appelée sept fois ! Personne ne répond.

— Et Tania ?

— Aux abonnés absents. Je commence à en avoir marre de courir après tout le monde, voyez.

Patricia partage l'agacement de Mehdi.

— Dès que nous aurons la commission rogatoire. Dans quelques heures, nous pourrons entrer dans le club de Tupier comme dans un moulin. Gaël, Mathias, vous continuez les recherches sur la famille. Audrey, je veux que tu ailles voir le notaire de Tardy. Interroge-le sur les biens immobiliers de la victime, sur l'état de ses finances et sur ce testament qu'il a modifié avant de mourir. Mehdi, tu viens avec moi. On va chez Wally et après on file au club.

Mes collègues quittent la salle de réunion. Je me précipite vers Patricia.

— À quelle heure es-tu rentrée ?

— 2 heures du mat'. Pour dormir un peu. Mais en ce moment ce n'est pas… facile.

— Pourquoi ?

— Laisse tomber…

— Tu n'es pas dans ton état normal, Pat. Quelque chose te tracasse. Je le sais. Je te connais par cœur.

— Quentin est de retour.

Patricia détourne le regard comme si elle ne voulait pas affronter ma réaction. Quentin, vingt-deux ans, est son fils cadet. Si Anthony, l'aîné, n'a jamais posé aucun souci à ses parents – un jeune homme sérieux qui suit de brillantes études de médecine –, son frère est, lui, une vraie tête brûlée. Depuis sa plus tendre enfance, Quentin est un garçon instable et dangereux. Pour lui et les autres. Accro au cannabis, Patricia lui a évité la prison quand il s'est fait coincer pour trafic. Il vendait du shit à des gamins de douze ans. Ensuite, la situation n'a fait qu'empirer. Quentin est devenu ingérable, animé par la certitude que sa mère serait toujours là pour le tirer d'affaire. Aujourd'hui, Patricia est dépassée par les événements. Lorsqu'il ne fait pas les quatre cents coups,

Quentin disparaît de la circulation. Aux dernières nouvelles, il était au Sri Lanka.

– Quand est-il rentré ?

– Il y a trois semaines. Il est arrivé avec un baluchon de linge sale et des dreadlocks remplies de poux.

– Il s'est installé chez vous ?

– Évidemment. Il n'a nulle part où aller…

– Je ne l'ai pas vu hier soir… Dommage. Ça m'aurait fait plaisir de le revoir.

Patricia ne peut s'empêcher de sourire.

– Il a préféré sortir quand il a su que tu venais. Il n'aime pas trop les keufs, tu sais.

14

Portrait d'un notaire

Me Bascardi m'a donné rendez-vous à 14 heures. Son office se situe dans le XVIe arrondissement, non loin de l'appartement de Tardy.

Dehors, la chaleur est toujours aussi écrasante. Je peste. Porter une chemise à manches longues en plein mois de juillet. Quelle drôle d'idée ! Mon choix vestimentaire peut sembler saugrenu, mais il s'explique par la raison suivante : ne pas montrer ma peau après l'agression de cette nuit. Ce matin, je me suis réveillée avec une sensation de gêne et le besoin de me cacher sous mes vêtements. Je devrais porter plainte contre Ben.

Je m'apprête à faire demi-tour pour remplir une déposition mais une voix m'en empêche.

— Lieutenant Durand !

— Monsieur Dunière.

— Vous tombez bien !

— Vous vouliez me voir ?

— Vous ou quelqu'un d'autre. J'aimerais récupérer mon Yves Klein. Rapidement.

— Nous avons des dossiers plus urgents à traiter…

— Quand pourrai-je récupérer cette toile ?
— Aucune idée.
— Il me la faut. Le plus vite possible.
— C'est quoi votre problème avec ce tableau ?
— Je lui ai trouvé un nouvel acquéreur. Les clients capables de se payer un Klein ne courent pas les rues. Je n'ai pas envie de laisser filer une telle opportunité.
— Désolée, mais il va falloir prendre votre mal en patience. Au fait : où étiez-vous le mercredi 27 juin, entre 14 et 18 heures ?

Dunière éclate de rire. Puis, sans me quitter du regard, il plonge la main dans la poche de sa veste noire. Comment fait-il pour supporter un costume avec cette chaleur ? Il sort son téléphone portable et ouvre son agenda. Il balaie le mois de juin jusqu'au jour fatidique. Plusieurs rendez-vous sont renseignés.
— J'ai passé l'après-midi avec Bruno.
— Qui est ce Bruno ?
— Bruno Faure. Un ami. Il m'aide sur l'expertise d'œuvres d'art.
— Pourrais-je avoir ses coordonnées ? Nous vérifierons.

Le marchand d'art me communique le numéro sans rechigner. Puis il pose sur moi un regard noir. Sa bouche s'entrouvre. Je me prépare à riposter à toute remarque désobligeante, mais ce qu'il dit me désarme :
— Sinon, vous faites quoi ce soir ?

J'arrive chez le notaire avec vingt minutes de retard. Il ne m'en tient pas rigueur. Me Bascardi m'accueille avec une franche poignée de main et un grand sourire, mais je peux sentir de la tristesse dans son regard. La mort de Franck l'a affecté.

Pierre Bascardi s'effondre dans son gros fauteuil en cuir. Je prends place sur une chaise face à lui, de l'autre côté de son bureau. S'il devait participer aux Jeux olympiques du cliché, cet homme remporterait la médaille d'or haut la main. Le notaire porte sur un gilet un costume marron trop grand qu'il a assorti d'un nœud papillon. Front bombé, dessus du crâne dégarni et cheveux épais sur les tempes lui donnent des allures de moine. Son auriculaire droit est orné d'une chevalière, frappée d'un sceau que je n'identifie pas. L'antre du notaire est à l'image de son propriétaire : vieillotte. Des meubles en chêne d'une autre époque, de lourds rideaux aux couleurs criardes, une tapisserie passée de mode. Des odeurs d'eau de Cologne et d'encaustiquage complètent le tableau.

D'un tiroir, Bascardi extrait un énorme dossier qu'il jette devant lui. Il pose une main sur la première page.

— Trente ans de gestion de patrimoine, annonce-t-il fièrement. Et pas n'importe quel patrimoine !

— Vos relations avec Franck Tardy n'étaient que professionnelles ?

— Non. Une amitié vieille comme le monde ! Nous étions à la fac de droit ensemble. C'était un homme exceptionnel. Un avocat brillant. Un ténor comme on dit !

— Il avait des ennemis dans le milieu ?

— Parmi ses confrères, non. Parmi ses clients, oui ! C'est évident. Il n'a pas gagné tous ses procès. Sans compter ceux à qui il a fait manger la poussière du fait de ses plaidoiries. Certains l'ont menacé. D'autres l'ont fait chanter. Avocat est un métier difficile. Parfois dangereux.

— L'un d'eux aurait pu l'assassiner ?

— C'est la première chose à laquelle j'ai pensé.

Bascardi plante les coudes sur le bureau et joint les mains devant sa bouche. Un silence pesant s'installe. Ni lui ni moi n'osons le rompre, bien trop occupés à imaginer le pire des scénarios.

Je tire mon calepin de la poche de mon jean et gribouille quelques mots. Puis je m'interroge. Me Tardy, le ténor, aurait-il injustement conduit quelqu'un derrière les barreaux ? Si oui, cet homme, ou cette femme, serait-il sorti de prison avec l'envie de se venger ? Je secoue la tête. Je dois me concentrer sur les faits.

— Franck Tardy a revu son testament il y a quelques semaines…

— C'est exact.

— Pour y ajouter un héritier ?

— Oui. Alice Kerov.

— Vous a-t-il dit pourquoi ?

— Il était fou amoureux d'elle et voulait lui léguer quelque chose.

— Modifier son testament à quelques jours de sa mort. Sacrée coïncidence, non ?

— Ça peut vous paraître étrange, mais ça arrive bien plus souvent que vous ne l'imaginez. Surtout chez les personnes d'un âge certain. Comme si elles sentaient leur heure venir.

— Tardy n'avait que soixante-douze ans. Il était en pleine forme.

Bascardi opine du chef.

— Vous avez raison.

— Que voulait léguer Franck Tardy à Alice Kerov ?

— Un studio. À deux pas d'ici.

— Celui qu'elle occupe ?

— Oui.

— Et le reste de l'héritage ?

— Pour ses enfants, voyons ! Il leur a légué son appartement du XVIe, mais aussi ses résidences secondaires, son patrimoine locatif. Sans oublier les œuvres d'art, les meubles de designers… Une petite fortune.

— De l'argent ?

— Quel argent ?

— Franck Tardy avait-il des liquidités ? Des comptes épargne ? Des assurances-vie ?

— Non. Tous ses actifs étaient immobilisés. Il était à sec.

Je pense au marchand d'art et aux e-mails envoyés au sujet du règlement du Yves Klein. Tardy n'avait plus une thune de disponible. Enfin, façon de parler… À sa place, j'aurais bazardé quelques studios ou une toile pour me remettre à flot.

— Franck était un collectionneur, poursuivit le notaire, comme s'il avait lu en moi. Et un collectionneur rechigne à se séparer de quoi que ce soit : un appartement, un tableau, une femme…

— Depuis quand Tardy avait-il ces problèmes de trésorerie ?

— Un an environ, répond le notaire après réflexion.

— Comment a-t-il dépensé son fric ?

Bascardi me dévisage. Il prend une profonde inspiration et se lance.

– Je vais être concis : l'art et le sexe. Quand Franck ne forniquait pas, il achetait une toile. Quand il n'achetait pas une toile, il forniquait. Tous les commissaires-priseurs, les marchands et les galeristes de France le connaissaient. Il avait la frénésie du collectionneur. J'ai une pièce unique, j'en veux une autre. Qui soit encore plus belle, encore plus grosse. Une sorte d'auto-challenge. Pour le sexe, c'était la même chose. Il collectionnait les femmes et les expériences sexuelles. En fonction de son humeur, il dilapidait son argent dans l'une ou l'autre de ses passions. Un tableau de maître, une nuit avec une prostituée. Mais ces derniers temps, je suis sûr qu'il faisait autre chose avec son argent.

– Vous a-t-il parlé de sa relation avec Alice ?

– Et comment ! Il n'avait que son prénom à la bouche. Il l'appelait Wally, d'ailleurs. Un vrai gamin… Depuis le décès de sa troisième épouse, Jeanne, Franck était inconsolable. Il n'avait eu aucune histoire sérieuse. Cette gamine semblait lui avoir redonné la joie de vivre.

– Depuis quand étaient-ils ensemble ?

– Un an. Peut-être deux. Elle a rompu il y a un mois. Je m'en souviens parfaitement. Franck est venu me voir. Il était dans un sale état. Nous avons beaucoup bu. Et parlé. À la fin de la soirée, il m'a demandé d'ajouter Alice à son testament.

– Pardon ?

– Fou, n'est-ce pas ? J'ai essayé de l'en dissuader. Cette traînée venait de lui briser le cœur. Elle ne méritait pas ses largesses. Encore moins un studio dans le XVIe arrondissement ! Mais il n'a pas voulu m'écouter. Sa décision était prise.

— Le faisait-elle chanter ?

— Vous êtes perspicace ! Vous devriez travailler dans la police, lieutenant.

Je souris. Bascardi se redresse sur son fauteuil et se penche vers moi.

— Alice l'avait menacé. Elle voulait le dénoncer aux flics. Selon moi, il a tenté d'acheter le silence de cette femme en l'ajoutant à son testament.

Le notaire semble fier de l'effet qu'a cette annonce sur moi. On peut dire que je ne perds pas mon temps avec lui. Cet homme était proche de Tardy. Il est bavard et enclin à répondre à toutes mes questions. Je décide d'aborder celle de la violence.

— Franck était un homme nerveux, reconnaît Me Bascardi. À fleur de peau. Il n'a jamais voulu le reconnaître, mais je suis sûr qu'il faisait une dépression. Quand ça allait mal, il ne maîtrisait plus rien. Ni ses pulsions. Ni ses envies.

— Vous connaissiez les penchants SM de Tardy ?

Énigmatique, Bascardi se fend d'un sourire.

— Bien sûr. Nous en avons passé des soirées ensemble…

— Vous fréquentez vous aussi La Douleur des Autres ?

— Et comment ! Je suis leur meilleur client !

15

Corbeille de fruits

Je suis de retour au Bastion à 17 heures, une pomme dans une main, le dossier Tardy dans l'autre. Après mon entrevue avec le notaire, j'ai fait une halte chez moi pour me reposer. Je me suis couchée sur le canapé, mais, lorsque le sommeil m'a gagnée, d'horribles cauchemars m'ont arrachée à ses bras. Mon ventre s'est ensuite mis à maugréer, me rappelant que je n'avais rien mangé depuis plusieurs heures. M'assoupir dix minutes était une mauvaise idée. Je suis encore plus fatiguée que je ne l'étais, j'ai une sale gueule, les cheveux en bataille et des valises sous les yeux.

Patricia et Mehdi ne sont pas encore revenus du club sadomasochiste. Gaël et Mathias sont toujours en salle de réunion. Ils ont érigé des gratte-ciel de dossiers qu'ils épluchent dans un silence religieux. Profitant de mon arrivée pour s'accorder une pause, les deux hommes se lèvent, s'étirent et bâillent à n'en plus finir. Mathias va chercher des cafés pendant que Gaël me débriefe. Mes collègues ont interrogé tous les proches de Tardy. Juliette et Louise, ses deux ex-femmes, ont reconnu ses comportements déviants. Son appétit sexuel – difficile à assouvir – et ses pratiques violentes auraient eu raison de ces mariages. Tardy était conscient de ses troubles psychologiques, mais il refusait de consulter un spécialiste.

— Comment étaient ses relations avec ses enfants ?

— Bonnes. Tardy était un père aimé et aimant.

— Vous avez vérifié leurs alibis ?

Le visage de Gaël s'assombrit.

— Oui. C'est du solide. Tout le monde était bien occupé le mercredi 27 juin, entre 14 et 18 heures. Pascal, chirurgien, était au bloc opératoire ; Xavier participait à une course hippique ; Maxime dispensait des cours de piano ; Florence était chez le dentiste. Quant aux deux benjamines de la fratrie, Clarisse et Laëtitia, elles étaient en vacances à Bordeaux.

Mathias est de retour avec trois gobelets en plastique. Sa conclusion est sans appel :

— On perd notre temps avec cette famille.

Je manifeste mon désaccord.

— Pas sûr. J'ai rencontré Me Bascardi. Il m'a confirmé que Tardy avait rajouté Alice à son testament un mois avant de passer l'arme à gauche. Ce changement a pu créer des tensions…

Les garçons opinent. Les héritages ont la capacité de transformer les gens les plus intègres en viles créatures. Même s'il ne s'agit là que d'un studio.

— Et la sépulture profanée ? Vous en êtes où ?

— On a maté une grande partie des vidéos prises par la caméra de surveillance du cimetière. Le 12 juin, vers 1 heure du matin, on voit clairement un type avec un sac à dos faire le mur. Il ressort dix minutes plus tard et repart à pied.

— Un type. Vous en êtes sûrs ?

— Oui. On sait reconnaître un homme d'une femme, répond Gaël d'un air suffisant.

Froissée, je me laisse choir sur une chaise et démarre mon ordinateur portable. Sur le thermomètre de l'optimisme, je suis en dessous de zéro. Il en est de même pour mes collègues qui retournent à leur paperasse en râlant. J'en profite pour appeler Bruno Faure. L'expert me confirme qu'il a bien passé l'après-midi du 27 juin en compagnie de Joël Dunière. Encore une piste qui tombe à l'eau.

Avocat est un métier difficile. Parfois dangereux…, a reconnu Me Bascardi. L'hypothèse sous-entendue est intéressante : un client mécontent ou un adversaire vaincu aurait-il pu tuer Tardy ? Je me connecte au serveur du 36. En paramétrant ma recherche, je vais pouvoir identifier les taulards – défendus par Tardy ou envoyés derrière les barreaux par ses soins – sortis de prison ces derniers temps. Le résultat s'affiche sous mes yeux. Un seul homme correspond au profil. Condamné cinq ans auparavant pour braquage à main armée, il a été libéré le 10 juin. Son casier judiciaire ne présente aucun intérêt. Je fais fausse route. J'imprime toutefois la fiche de ce type et éteins mon ordinateur en bougonnant. J'aimerais poursuivre mes recherches, mais je n'y arrive pas. Quelque chose me chiffonne, m'empêche de me concentrer.

Perdue dans mes pensées, je sursaute lorsque mon téléphone se met à vibrer. Patricia. Elle m'annonce que, grâce à la commission rogatoire, La Douleur des Autres a pu être fouillé de fond en comble. Une bonne nouvelle. Pourtant, je sens une pointe de colère et beaucoup de déception dans sa voix.

— Tupier savait qu'on allait venir, souffle-t-elle.

— Il n'y avait personne ?

— Pas une prostituée, pas un sachet de cocaïne. Que dalle !

— Et Wally ?

— Introuvable. On a fait un saut chez elle ce matin. Personne. Elle est injoignable. Tout comme sa copine Tania. Et Tupier ne sait pas où elles sont.

— Il les protège ?

— Pas sûr.

— Sérieux ?

— Il semblait soucieux et m'a assuré ne pas avoir de nouvelles d'elles depuis hier. Bon, et toi. Le notaire ?

Mon entretien avec Bascardi est résumé en quelques secondes. Je raccroche et observe mon déjeuner. Cette pomme saura-t-elle me rassasier ? J'en doute. Un tiers de la chair est pourri. Dégoûtant. Me revient à l'esprit la scène du meurtre de Tardy. La corbeille de fruits flétris. Les fleurs séchées. Le cigare à peine consumé. Le verre de vin renversé. Les filles du club se seraient-elles invitées chez Tardy ? Lui auraient-elles tendu un piège ? Dix couverts. Trois prostituées : Tania. Wally. Salma. Qui étaient les six autres convives ?

Je ferme les yeux, retiens ma respiration et croque dans la pomme. Dans la chair, je distingue un petit trou. Puis un filament blanc. Quelque chose se tortille. Un ver. Je recrache le morceau en hurlant. Je me lève et jette le fruit à la poubelle. Je n'ai plus faim.

16

Nighthawks

Je passe la porte du Phillies, dans le Xe arrondissement, avec trente minutes de retard et la gueule en vrac. Je n'ai pas eu le temps de me laver ni de me refaire une beauté. J'ai juste troqué mon combo jean-chemise pour un top rouge à large encolure et un slim noir.

Le bar est bondé. Les fêtards du vendredi soir rient et parlent fort, pinte de bière à la main. Ils sont à touche-touche et il est difficile de se frayer un passage dans cette masse compacte. La peau des uns frôle celle des autres. La sueur colle les corps et emplit l'air d'une odeur âcre et bestiale. L'éclairage est sommaire. Je cherche Joël Dunière dans la foule qui ondule. Je distingue enfin sa silhouette qui s'avance vers moi d'un pas décidé.

— Vous êtes en retard, dit-il sèchement. J'allais partir.

— Désolée. J'ai été retenue au boulot. Mais si vous voulez partir, allez-y. Ne vous gênez pas pour moi !

Sans attendre de réponse, je me faufile vers le bar et passe commande. Joël prend place à ma gauche.

— Pourquoi m'avez-vous filé ce rencard, Dunière ?

— Ça vous étonne ?

— Si vous espérez me soutirer des informations sur votre Yves Klein, c'est loupé. Je ne parle jamais d'une enquête en cours.

— Je n'en avais pas l'intention.

— Alors pourquoi vouliez-vous me voir ?

— Un flic qui s'y connaît en art c'est plutôt… étonnant. J'avais envie de faire connaissance.

Je détaille Joël de la tête aux pieds. Il a laissé son costume de croque-mort au placard. Il porte un T-shirt à l'effigie du Hellfest et un jean délavé, tenue qui le rend bien plus sympathique à mes yeux. Il commande la même chose que moi, une bière brassée ici, et m'invite à trinquer.

— Vous avez suivi des études d'art ? me demande-t-il après un silence gênant.

— Oui. Au Louvre. Avec l'envie de faire le même métier que vous.

Il ouvre de grands yeux et peine à dissimuler sa surprise.

— J'ai abandonné en cours de route.

— Pourquoi ?

— C'est une longue histoire…

— Vous avez tout arrêté ?

— Je suis guide bénévole pour des écoliers du primaire. Ça compte ?

— Vous sensibilisez les enfants à l'art ? Vous avez la foi…

— Les gamins sont très réceptifs, vous savez. Ils digèrent bien mieux l'art contemporain que mes groupes de retraités. J'interviens aussi sur la biennale. Sauf cette année. Je vais manquer de temps.

— À cause de l'affaire Tardy ?

— Oui. Dommage. J'ai vu que Leitvicz y donnait une conférence…

— Exact. Je dois le voir. Un de mes clients veut lui acheter une œuvre.

— Vous allez rencontrer Leitvicz ?

— Oui.

— Quelle chance !

— Vous n'avez qu'un mot à dire et vous vous joignez à moi.

Je rougis et m'empresse de changer de sujet :

— Parlons de vous. Hormis acheter et revendre des chefs-d'œuvre, c'est quoi votre dada ?

— J'aime peindre.

— Vous exposez ?

— Non. Je n'ai pas le talent de ceux que je côtoie. Et se faire une place dans le milieu n'est pas facile. Même lorsqu'on connaît du monde. Je fais aussi partie d'un club de tennis. Je ne suis pas trop mal classé.

— J'ai fait du tennis, moi aussi. Pendant dix ans. Mais j'ai dû arrêter.

— Ne me dites rien ! Par manque de temps ?

— On ne peut rien vous cacher.

— Il faudra vous y remettre. On verra qui manie le mieux la raquette !

Le rouge me monte aux joues. Joël Dunière sent mon embarras. Gêné, il hèle le serveur et commande deux autres verres. J'essaie de détendre l'atmosphère en misant sur l'humour.

— Ça ne vous pose pas de problème de faire boire un flic ?

— Non. Au contraire. J'ai des PV à faire sauter.

— Demandez à ma cheffe…

— Le dragon qui vous accompagnait l'autre matin ? Merci, ça ira ! Je préfère payer mes prunes.

La soirée suit son cours en toute simplicité. Joël, sous l'effet de l'alcool, se déride. Il est plus avenant, plus souriant, plus sympathique. Il se livre avec une sincérité touchante et reconnaît être maladroit avec la gent féminine.

Lorsque je regarde l'heure sur mon téléphone, il est plus de minuit. Je n'ai pas vu le temps passer.

Joël me propose d'aller prendre un dernier verre chez lui mais je refuse. Je sens encore sur ma peau les mains vicieuses de Ben. Mon corps n'est pas prêt pour de nouvelles caresses.

Nous sortons du Phillies en riant. La sueur coule dans mon dos. La fatigue, la chaleur et l'alcool me font tourner la tête. Avoir le ventre vide n'arrange rien. Je titube. Les rues tanguent sous mes pas, des étoiles se mettent à clignoter devant mes yeux. Je trébuche et sens un bras soutenir mon dos.

— Audrey ? Ça va ? Je vais appeler le Samu.

— Non. Je suis juste un peu… éreintée.

Je balbutie et distingue Joël penché au-dessus de moi. Retrouvant mes esprits je me redresse, m'agrippe à son cou et l'embrasse. Ses lèvres sont tièdes. Douces. Le baiser que nous échangeons est d'une tendresse inouïe. Mes sens s'emballent lorsque Joël passe avec délicatesse ses mains dans mes cheveux. Les passants défilent autour de nous. Un couple qui s'étreint à genoux sur les pavés n'est pas commun.

Le temps s'arrête… Je savoure cet instant. Mais la sonnerie de mon téléphone referme cette parenthèse enchantée. Joël m'aide à me redresser, un sourire gêné sur les lèvres.

— Désolée, je dois répondre. C'est ma cheffe.

— Pas de souci.

Je décroche. La voix de Patricia tremble à l'autre bout du fil. Quelque chose ne va pas, je le sens.

— Rejoins-moi sur-le-champ, Audrey ! On vient de trouver un autre cadavre.

II

« Mais, bordel !
Il n'y a pas de chaos ! »

Jackson Pollock

17

La nuit étoilée

Les lueurs des réverbères ondulent. Elles roulent, s'entortillent et forment des spirales infernales ; boules de feu prêtes à s'écraser sur la capitale. Phares des voitures, néons des bars, feux tricolores : toutes les sources de lumière se fondent les unes aux autres pour ne créer qu'une masse informe et éblouissante. Mes paupières se ferment, sans que je puisse les en empêcher. Je devine, posé sur moi, le regard inquiet de Joël. Il a insisté pour me conduire sur les lieux du crime. J'ai accepté pour gagner du temps – je m'étais rendue à notre rencard en métro. Je suis épuisée et sous l'emprise de l'alcool. Il y a longtemps que je ne me suis pas sentie aussi mal.

Joël, devenu mon coéquipier malgré lui, roule à toute vitesse dans les rues de Paris pour rejoindre le XVIe arrondissement. Une gêne certaine s'est installée depuis que nous nous sommes embrassés.

Je m'enfonce sur le siège passager et commence à m'assoupir.

— Tu devrais rentrer chez toi, Audrey. Ce n'est pas sérieux de…

— Tu m'as proposé de m'aider. Pas de me donner ton avis.

— C'est juste un conseil. Tu n'es pas en état de te rendre sur cette scène de…

— Personne n'est jamais en état pour ça.

J'aboie plus que je ne parle.

— Tu sais quelque chose sur ce…

— Pitié, Joël : tais-toi !

Face à une telle sommation, il pourrait tirer le frein à main et m'éjecter de la voiture. Il ne le fait pas. D'un geste sec, il allume la radio et l'habitacle se remplit de musique. Tête contre la vitre, je me repasse en boucle les informations données par Patricia. Un homme a été assassiné. Paul Mourond, soixante-douze ans, dentiste réputé toujours en activité. Son cabinet se situe au rez-de-chaussée d'une splendide maison bourgeoise achetée avec son épouse dans les années 1980. Catherine Mourond est, quant à elle, gynécologue obstétricienne. Elle était en séminaire cette semaine. Lorsqu'elle est rentrée à son domicile à 23 heures, son mari était assis dans le canapé. Nu. Et mort.

Une secousse me tire de mes pensées. Joël vient de s'arrêter. Sommes-nous arrivés à destination ? Je jette un œil par la vitre de la portière et suis éblouie par la lumière d'un feu. Médusée, je foudroie mon chauffeur du regard.

— Tu fais quoi ?

— Au rouge, on s'arrête.

— Joël !

— Quoi ?

— Roule bon sang !

— Eh ! J'ai pas envie de me faire sucrer le permis.

— Mais je suis flic, bordel !

Après avoir inspecté à gauche puis à droite, Joël redémarre. À cette heure, la circulation est fluide. Nous longeons le VIIIe arrondissement. Sur notre droite, le Petit et le Grand Palais. Étudiante, j'aimais y flâner et admirer leurs collections permanentes. La simplicité de cette époque me manque.

Je me tourne vers Joël. Il est concentré sur la route. Cet homme ne me laisse pas indifférente. Je dois résister. Tomber amoureuse ? Plus jamais. C'est une promesse que je me suis faite. Une ligne de conduite que je me suis fixée.

Moi j'ai entendu dire
Que l'amour fait souffrir
À quoi ça sert d'aimer ?

De cette chanson, j'élude volontiers les strophes chantées par Édith Piaf pour ne garder que celles interprétées par Théo Sarapo. L'amour, j'y ai cru. Et il m'a aveuglée.

Tout ça, c'est très joli
Mais quand tout est fini.
Qu'il ne vous reste rien
Qu'un immense chagrin…

Aujourd'hui, il ne reste rien de cette belle romance. Quelques souvenirs épars, quelques bons moments. Mais, surtout, une immense cicatrice. Une entaille dans la poitrine. Béante. Sanguinolente. Joël ne peut être une exception. C'est un homme, donc un connard. Point final. Et, sous ses airs bienveillants, se cache un individu capable de broyer ce qui reste de mon misérable cœur.

Un violent coup de volant me projette contre la portière. Je jure. Joël s'excuse en prenant un rond-point à toute vitesse, en fait le tour et revient sur ses pas.

— Je me suis trompé de direction.

— Tu m'as dit que tu connaissais Paris comme ta poche…

Je renseigne sur le GPS de mon portable l'adresse fournie par Patricia. L'itinéraire se dessine sur la carte. Mon chauffeur s'est bel et bien planté. Je le remets sur la bonne route. Sans broncher, il s'exécute et notre voiture s'engage enfin dans la rue où résident les Mourond. Les gyrophares clignotent au loin. La fête a commencé sans moi.

D'un coup sec, Joël s'arrête.

— Je t'attends ?

— Non ! J'en ai pour la nuit.

J'ouvre la portière et sors de la voiture. L'envie d'embrasser Joël est forte, mais je ne dois pas céder à la tentation. De toute façon, il me repousserait. Depuis notre départ du Phillies, j'ai passé mon temps à le rudoyer. Une véritable harpie. Comment pourrait-il être encore attiré par moi ?

— Merci pour cette soirée, Audrey.

Je me retourne et plante mon regard dans le sien. Ses traits sont tirés. Son sourire est timide. Je me penche sur lui et dépose un baiser furtif sur ses lèvres.

Ça sert à ça l'amour.

J'aimerais lui présenter mes excuses et le remercier. Mais les mots restent coincés dans ma gorge. Préférant garder le silence, je bondis hors du véhicule et m'élance vers la villa des Mourond. Un camion du Samu. Une ambulance. Quatre bagnoles de flic. La voiture de Patricia. Celle d'Alain.

Quelques badauds se sont amassés devant la maison. Je me fraye un passage entre eux lorsqu'une main saisit mon poignet. Je pivote et laisse échapper un cri de surprise.

— Joël ? Qu'est-ce que tu fous là ?

— Je… Je voulais te dire un truc, mais… ce n'est pas facile.

Cet idiot s'apprête-il à me déclarer sa flamme ?

— Le type qui habite ici… Je le connais.

— Pardon ?

— Oui. C'était un de mes clients.

18

Variation #3

Si Joël n'avait pas avoué connaître Paul Mourond, je n'aurais eu aucun mal à le deviner. Dans cette maison bourgeoise, tous les murs sont recouverts d'œuvres signées d'artistes aussi emblématiques que ceux présents dans l'appartement de Tardy. En revanche, les goûts de Mourond sont plus éclectiques. Il aimait la peinture – Kandinsky, Miró, Léger –, la photographie – Doisneau, Capa – mais aussi la bande dessinée. Je reconnais des croquis et des planches originales d'Hergé et de Franquin. Je ne suis pas surprise : leurs dessins s'arrachent à prix d'or dans les salles de ventes.

Dans le salon, je croise le *commissaire-à-rien*. Que fait-il déjà là ?

— Vous ne portez pas de tenue de protection, commissaire ?

— Non. À quoi bon quand je vois vos dégaines avec tout ce barda…

Il relève le menton et me dévisage d'un air dédaigneux. Il me dépasse de deux têtes, mais ne m'impressionne pas.

— Vous devriez mettre votre tenue. Alain n'aime pas que…

— Je n'ai aucun compte à vous rendre, lieutenant, lance-t-il en insistant sur ce dernier mot. Mes ordres, je ne les reçois de personne. Surtout pas d'une gamine dont je pourrais être le père.

Le *commissaire-à-rien* bombe le torse. Puis il hausse un sourcil et secoue la tête de droite à gauche. « Navrant », semble-t-il dire. Je fulmine. Je bous. Je vais exploser. Cet homme est mon supérieur hiérarchique. Je lui dois le respect. Mais ce soir, je me fiche des règles. Je m'apprête à le remettre à sa place lorsqu'une voix m'interpelle.

— Te voilà enfin, Audrey ! Je t'attendais comme le messie.

Sans me laisser le temps de poursuivre ma joute verbale, Pat m'entraîne avec elle. Elle est surexcitée.

— T'as vu la déco ?

— Oui. On se croirait chez Tardy.

— Exactement ! Les deux meurtres sont liés, Audrey. J'en suis sûre !

— Je t'écoute.

— Mme Mourond nous a assuré que son époux et Franck Tardy ne se connaissaient pas. Mais les victimes partageaient plusieurs points communs. Le premier, pas des moindres : Joël Dunière. Catherine Mourond nous a confié que son époux se procurait ses œuvres d'art auprès de ce type. Putain ! Je le savais !

— Tu savais quoi ? Que Dunière pouvait être suspecté ? Tu m'as assuré qu'on perdait notre temps avec lui !

Surprise, Patricia hausse les épaules.

— J'ai dit ça ?

— Bien sûr.

— Y a que les imbéciles qui ne changent pas d'avis, non ?

Si je disais à ma cheffe que j'ai passé la soirée avec l'ennemi public numéro un, elle péterait un câble. En ce qui me concerne, je ne dois pas laisser mes sentiments m'aveugler. Franck Tardy, Paul Mourond et Joël se connaissaient. Ce concours de circonstances est troublant. Le marchand d'art avait-il une raison de vouloir la mort de Mourond ? Le dentiste avait-il lui aussi des impayés ? Je partage mes interrogations avec Patricia. Elle hausse les épaules.

— Non. D'après madame Mourond, les factures sont en règle et acquittées. Très régulièrement, Dunière empochait de belles commissions grâce aux achats de Mourond.

— Pourquoi aurait-il alors tué la poule aux œufs d'or ?

Ma remarque fait mouche. Pat écarquille les yeux, interdite. Je poursuis :

— À mon avis, il faut envisager une protection des clients du marchand d'art. J'en parle à Mathias ?

Patricia semble perdue dans ses pensées. Puis, reprenant ses esprits, elle m'attrape le bras et me conduit jusqu'à la scène de crime. Lorsque je la découvre, je suis surprise par sa banalité. Paul Mourond est nu, sur son canapé. Sa peau, ses lèvres et ses yeux sont blancs comme un matin de décembre. Le corps est immaculé. Pas de blessure apparente. Pas de mutilation. Pas de sang. Rien. Pas de mise en scène non plus comme pour la mort de Tardy.

Alain est déjà à l'ouvrage. Le technicien s'agite comme un gamin, sautille et papillonne à la recherche du meilleur angle pour ses prises de vue, de l'indice qui pourrait faire avancer l'enquête. Son teint livide trahit la fatigue. Et la peur. De voir les meurtres s'enchaîner sans parvenir à les expliquer, sans pouvoir trouver – à temps – les preuves matérielles qui nous mettront sur la piste de l'assassin. Une lourde responsabilité repose sur ses épaules. Il le sait.

Après avoir salué Alain, je me poste face à la victime. Derrière elle, un immense mur blanc sur lequel je remarque un petit trou.

— Catherine Mourond nous a dit qu'un tableau était accroché ici.

Patricia se tient derrière moi. Elle a anticipé ma question.

— Le meurtrier l'a-t-il volé ?

— Non. Il l'a seulement enlevé.

— Enlevé ?

— Oui. Le cadre est là. Sur le buffet.

Je suis le regard de Patricia et découvre une photographie en noir et blanc signée Man Ray.

— Pourquoi cette photo a-t-elle été décrochée ?

— Bonne question. J'ai interrogé Catherine Mourond à ce sujet. Lorsqu'elle a quitté la maison lundi, le Man Ray était à sa place. Ce soir, à son retour, il n'y était plus. Elle ne voit aucune explication.

— J'imagine qu'une telle maison est équipée d'un système de surveillance.

— Inactif.

— En panne ?

— Non. Inactif. Aucun enregistrement depuis deux jours.

— Merde ! Comme chez Tardy !

— Oui, encore un point commun. Tu en veux un autre ?

J'opine. Patricia sourit et me conduit derrière le canapé. Elle pose ses mains gantées sur les épaules de la victime et fait basculer le corps en avant. La rigidité cadavérique lui complique la tâche, mais elle parvient tout de même à décoller le buste de Mourond des coussins. Je ne peux retenir un cri. Il manque un rectangle de peau.

— Il y a autre chose, ajoute Alain, l'air grave.

Le technicien désigne de l'index une marque de piqûre dans le creux du bras droit, au niveau des veines.

— Mourond a fait une hémorragie.

Je recule d'un pas. Puis j'examine le canapé, le tapis, le parquet. La scène est propre, immaculée. Le corps d'un homme possède six litres de sang. S'il n'est plus dans les veines de Mourond, où est-il ?

19

Homme blanc – Homme noir

– J'appelle Dunière. S'il est dispo, je file chez lui.
– À cette heure ?
– On n'a pas de temps à perdre.
– Je viens avec toi.
– Non. Je préfère y aller seule.
– Ah bon ? Je peux savoir pourquoi ?
– Parce que je serai plus… objective.
– Objective ? La dernière fois, tu t'es barrée en plein interrogatoire et tu m'as laissée en plan avec lui.
– Crois-moi. C'est mieux comme ça.

Patricia est têtue comme une mule. Si elle a décidé qu'elle irait seule interroger le marchand d'art, alors je n'ai pas mon mot à dire. Je tourne les talons, dégaine mon téléphone portable et rédige un texto à l'attention de Joël : « Ma cheffe veut te voir. Merci de ne pas lui parler de notre rencard. » J'hésite avant de rajouter un « bisou », puis me ravise. Pas trop de familiarités. Je ne dois pas oublier que Joël fréquentait Mourond et Tardy.

Mon message envoyé, j'appelle Mehdi. Au bout de la quatrième sonnerie, une voix d'outre-tombe me répond. Mon collègue dormait comme en témoignent ses nombreux bâillements. Je l'informe de la découverte du cadavre de Mourond. Les similitudes entre les deux meurtres lui font l'effet d'une bombe.

— Je veux que tu te renseignes sur Joël Dunière.

— Le marchand d'art ? demande Mehdi à présent totalement réveillé. Je croyais qu'il avait un alibi.

— L'expert qui était soi-disant avec lui est l'un de ses amis, il faudra que j'aille le voir un peu plus tard. En attendant, Dunière connaissait les deux victimes. Je veux savoir comment il se procure les œuvres d'art qu'il revend. Ses achats sont-ils en règle ? A-t-il eu des démêlés avec le fisc ? Appartient-il à des clubs genre Rotary ? Est-il franc-mac' ? Tu me passes toute sa vie au peigne fin, *capice* ?

Un « oui ». Imperceptible.

— Pour finir, je veux la liste de tous ses clients.

J'aurais bien une dernière requête, mais n'ose la lui transmettre.

— Je file au 36, dit-il en soupirant. On fait le point dans quelques heures.

Je remercie mon chouchou et raccroche. Un texto de Joël m'attend. « Je viens d'avoir le dragon au téléphone. Elle passe me voir. Compte sur ma discrétion. »

Mon doigt tremble au-dessus de l'écran. Une question m'obsède… Je dois la lui poser sinon elle va me rendre folle. Impossible par SMS. Je prends mon courage à deux mains et décide d'appeler Joël.

— Oui ?

— C'est moi. Audrey.

— Ah…

— Ça va ?

— Comme un mec qui va être interrogé par la police. J'espère juste ne pas dormir au poste cette nuit.

— Je t'apporterai une orange.

— Tu es revenue à de meilleurs sentiments ?

Le ton de Joël, cassant, m'attriste. Je ne dois pas me laisser influencer par mes sentiments.

— J'ai une question pour toi, dis-je sèchement.

— C'est la question bonus ? Celle que ta cheffe n'osera pas me poser ?

— Elle te la posera certainement.

— Je t'écoute.

— Fréquentes-tu des clubs SM ?

J'ai prononcé ces mots avec difficulté. Je tremble en attendant la réponse, qui se fait désirer. Un blanc. Interminable. Puis un éclat de rire. Forcé. Ça ne fait aucun doute : Joël est mal à l'aise.

— Alors là ! Tu m'en bouches un coin. Un rapport avec l'enquête ou avec… nous ?

— Qu'est-ce que ça change ?

— Si c'est en rapport avec l'enquête, non je ne fréquente pas les clubs SM. En revanche, je sais que Tardy était un habitué de ces pratiques. Il ne s'en est jamais caché. Si c'est en rapport avec nous… et que tu as ce genre de fantasmes, on peut toujours en parler. Je t'avoue que ça ne m'attire pas… Mais bon… On peut accepter beaucoup de choses par amour.

— Par amour ?

— Oui. Quand on a des sentiments pour… enfin que… Bref ! Tu vois ce que je veux dire…

Je lui raccroche au nez. Des sentiments ? De l'amour ? Un mec avec qui je n'ai passé qu'une soirée ? Le coup de foudre, c'est ça ? Non. Ça n'existe pas. Je refuse d'y croire.

Troublée, je m'essuie les mains sur mon slim et retourne me perdre dans le tumulte de l'appartement. Patricia est déjà partie. Elle doit trépigner d'impatience à l'idée d'interroger le marchand d'art. Alain est concentré sur ses prélèvements papillaires. Je dois me rendre utile. Et m'occuper l'esprit. Faire le tour du propriétaire. Fouiller les lieux. Ouvrir quelques placards. Ne plus penser à Joël.

Je commence par le rez-de-chaussée et l'inspection du cabinet dentaire. L'assistant d'Alain est en train de prendre des photos. Je lui serre la main et me poste au centre de la pièce. Les lieux sont aseptisés, immaculés. Une immense enfilade de placards renferme du matériel et des médicaments ; une étagère est remplie d'ouvrages professionnels ; des instruments en inox sont alignés sur une console attenante à un fauteuil en cuir blanc. Pas d'œuvres d'art accrochées aux murs. Pas de décoration. Rien ne traîne. Rien ne dépasse. Tout est propre, clinique, à sa place.

Sur le bureau de Mourond, un agenda est ouvert. Je le feuillette. Plusieurs fois. Pas de rendez-vous, pas de notes. Il est vierge. Pourquoi ?

Dans un placard, des dizaines de pochettes rouges répertorient les clients du dentiste. L'une d'elles, bleue, est étiquetée « Revue de presse ». Mourond archivait les articles le concernant. Au fil des coupures, je découvre son implication dans une association humanitaire. L'homme s'est rendu de nombreuses fois en Afrique pour prodiguer des soins dentaires aux plus démunis. Dans les années

1970, il était en Angola alors que sévissait la guerre d'indépendance.

Dans un tiroir, je mets la main sur un album photos. Mourond pose dans des cabinets dentaires de fortune, des tentes dressées en pleine nature pour accueillir les patients. La plupart du temps, il est entouré d'enfants qui l'enlacent et sourient de toutes leurs dents.

Les photographies se suivent et se ressemblent.

Mourond. L'Afrique. Les enfants. Mon regard se perd dans l'album photos. Mourond, affable, enlace un petit garçon. Derrière eux, un immense black en costume cravate. Sur ce cliché, bien qu'il soit au second plan, on ne voit que lui. Je le cherche sur les autres photographies comme je chercherais *Charlie*. À ma grande surprise, je le retrouve ici et là, qui discute avec une famille, pose avec un groupe d'enfants, serre des mains. Au Mozambique. En Angola. Au Soudan. Qui est ce type ? Que faisait-il avec le dentiste durant toutes ces années ? Est-il en France en ce moment ?

Perplexe, je referme l'album, le cale sous mon bras et retourne dans les appartements privés du dentiste. Dans le salon, une vitrine est bondée de souvenirs. Une statuette votive, un masque tribal, une arme sculptée. Des antiquités ? Certainement. Au cours de son histoire, l'Afrique a subi de nombreuses vagues de pillages, souvent lors de conflits – comme la guerre du Biafra. Les spécialistes estiment que quatre-vingt-dix-neuf pour cent de l'art classique africain serait aujourd'hui hors du continent. Mais aucune civilisation n'est à l'abri. L'affaire du Getty Museum de Los Angeles, en Californie, en est un bon exemple.

En 2005, une ancienne conservatrice, Marion True, et un marchand d'art, Robert Hecht Jr., ont été mis en examen pour recel d'antiquités en provenance de Grèce et d'Italie. Leur réseau était l'un des plus vastes et des plus sophistiqués au monde.

Les objets dans la vitrine de Mourond auraient-ils, eux aussi, été obtenus de manière illégale ? Joël serait-il impliqué dans un quelconque trafic ?

20

I'm Not Your Babe

Dans la rue, les curieux sont de plus en plus nombreux. Ils commentent ce qu'ils croient savoir, jugent celui qu'ils croient connaître. Des journalistes se sont aussi regroupés devant le portail, prêts à bondir sur le moindre scoop. Je les évite et presse le pas. Après l'arrivée des secours, Catherine Mourond s'est réfugiée chez ses voisins et amis, les Lauréac.

Je sonne à la porte en jetant un œil à mon portable. Joël vient de m'envoyer une photo sur laquelle Bilbo, le Hobbit, combat Smaug, le dragon. Je pouffe de rire lorsque Mme Lauréac ouvre la porte. Gênée, je fourre maladroitement mon téléphone dans ma poche et tente de retrouver mon sérieux. La maîtresse de maison m'invite à entrer et me conduit dans le salon. Catherine Mourond m'attend, une boîte de mouchoirs sur les cuisses. Elle me salue sans prendre la peine de se lever. Sa main tremble, ses yeux sont remplis de larmes.

Je refuse le café que me propose Mme Lauréac, mais accepte volontiers un Coca. L'idéal pour purger mes excès du soir.

— Pardonnez-moi d'entrer si brutalement dans le vif du sujet, mais votre mari a été assassiné.

Interdite, Catherine Mourond me fixe de ses grands yeux bleus. Des cheveux blonds comme les blés, un petit nez en trompette, des pommettes saillantes. Une femme belle. Fière. Et forte. La preuve ? Elle a séché ses larmes dès que je suis entrée dans le salon ; elles ne couleront plus tant que je serai assise en face d'elle.

— Qui aurait pu vouloir la mort de Paul ?

— C'est ce que j'aimerais éclaircir avec vous.

Elle prend une profonde inspiration et baisse le regard. Je poursuis.

— À quelle heure avez-vous découvert votre mari ?

— Vers 23 heures. Je rentrais d'une semaine de déplacement. La maison était plongée dans le noir. Ça m'a surprise. Paul attendait toujours mon retour avant de se coucher. Bref… J'ai ouvert la porte et là, j'ai senti cette odeur… Nauséabonde. Je me suis déchaussée, j'ai allumé le salon et j'ai découvert Paul… Sur le canapé. Blanc comme un linge. J'ai tout de suite compris qu'il était… mort…

— Vous êtes-vous approchée du corps de votre époux ?

— Non. Je n'en ai pas eu le courage. L'odeur de putréfaction me terrifiait… Et je ne voulais pas voir Paul comme ça.

— Je comprends.

— Quand est-il mort ?

— Difficile à dire pour l'instant. D'après les premières constatations, votre époux serait mort dans la nuit de jeudi à vendredi.

– Voilà pourquoi l'hôpital m'a appelée. Paul n'avait pas honoré son rendez-vous quotidien.

– L'hôpital ?

– Oui. Mon époux était malade.

Malade. Ce qui expliquerait l'agenda vierge trouvé dans son bureau. Paul Mourond avait cessé toute activité professionnelle.

– De quoi souffrait-il ?

– D'un cancer. Il a subi une ablation du rein droit l'année dernière. Depuis : insuffisance rénale. Et dialyse. Tous les jours. Les médecins le disaient condamnés, mais Paul était convaincu de pouvoir s'en sortir. C'était un bon vivant. Un battant ! Jamais je n'ai vu quelqu'un lutter avec autant d'acharnement contre la maladie.

De la poche de mon slim, j'extirpe une photographie empruntée à l'album souvenirs d'Afrique. Sur celle que j'ai choisie, le grand black est au premier plan, à gauche de Mourond. Je pose le cliché sur la table basse et le fais glisser sous les yeux de la femme du dentiste.

– Votre époux œuvrait au sein d'une association, n'est-ce pas ?

– Oui. Les Dents du bonheur. Il l'a fondée avec Amadou, l'homme sur cette photo. Amadou Bénin. Paul voulait toujours aider. Se sentir utile était indispensable à son existence. Nous étions jeunes mariés lorsqu'il s'est mis en tête de soigner les gamins d'Afrique. Il a pris l'avion pour le Sénégal et a cherché un contact sur place. Il a rencontré Amadou. Le courant est tout de suite passé entre eux. L'aventure a commencé. Paul n'avait pas beaucoup de temps libre et, pourtant, il le consacrait à faire le bien. Mon mari était un saint.

— Comment finançait-il ses interventions ?

— Une partie de ce que Paul gagnait en France, il l'investissait en Afrique. Nous n'étions pas toujours d'accord sur ce sujet… Ma foi… Il était heureux et ne mettait pas notre couple en danger sur le plan financier. Il gagnait très bien sa vie… Je déplorais plus ses absences, mais je le laissais jouer au bon samaritain.

— D'où proviennent les objets africains dans la vitrine du salon ?

— Des cadeaux. Pour le remercier. Ces gens-là, vous savez, ils n'ont qu'une chemise sur le dos, mais si vous frissonnez, ils vous la donnent.

Cette réponse ne me satisfait guère. Les souvenirs ramenés par Mourond ne sont pas que des bracelets de pacotille fabriqués par les gamins d'un village. Ce sont des œuvres d'art chargées d'histoire. Il ne me reste plus qu'à ordonner une expertise pour confirmer mes intuitions.

— Vous avez des enfants, madame Mourond ?

— Non.

— Puis-je vous demander pourquoi ?

Elle hésite, semble choisir ses mots, et se lance enfin :

— Paul souhaitait adopter un petit Sénégalais. Moi non.

— Pourquoi ?

— Je ne voulais pas d'un noir dans la famille.

Mes yeux vont sortir de leurs orbites. Je me mords la lèvre pour ne pas céder à la colère. Ne pas perdre son calme face au racisme ordinaire. Heureusement, la sonnerie de mon téléphone me tire de cette impasse. Je m'excuse auprès de la veuve et m'éloigne pour décrocher.

– Alain ?

– T'es où, Audrey ? Je te cherche partout.

– Chez les voisins. Je m'entretenais avec Mme Mourond. Tu as besoin de moi ?

– J'ai trouvé un truc intéressant entre les coussins du canapé.

– La carte d'identité de l'assassin ?

– Non, Audrey. Un cathéter. Et, à mon avis, il maintenait la veine grande ouverte pour que le sang de notre dentiste s'écoule plus vite.

21

Summertime : Number 9A

Alain m'a prêté les clés de sa voiture pour que je m'y repose. Je m'effondre sur le siège conducteur et le bascule en arrière. J'étends les jambes, m'étire, puis cale l'avant-bras sur l'accoudoir central. Le Coca n'a pas eu l'effet escompté : j'ai toujours la tête lourde et de surcroît l'estomac dans les talons. Les yeux fermés, j'essaie à présent de faire le vide, de m'abandonner. Mais l'enquête ne me laisse aucun répit. Mon cerveau refuse de lâcher prise et m'inonde d'images. Tardy. Rongé par les asticots. Mourond. Vidé de son sang. Le club SM. Tupier. Wally. Tania. L'association caritative du dentiste. Et ces dos. Écorchés.

De petites étoiles scintillent devant mes yeux puis se transforment en taches lumineuses. Du rouge. Du bleu. Je dois me concentrer sur *de beaux souvenirs*. Un conseil de mon psy en échange de quatre-vingts balles. Lasse, je repense à la soirée passée avec Joël. Je m'empare de mon téléphone portable et rédige un texto à son intention.

« Tout se passe bien avec ma cheffe ? Ta proposition de m'emmener à la biennale d'art contemporain tient-elle toujours ? »

La réponse ne tarde pas.

« Le dragon vient de partir. Oui, ma proposition tient toujours. J'espère juste ne pas me faire voler la vedette par un cadavre… »

Moi : « Je l'espère aussi. Quelle heure ? »

Joël : « La conférence avec Leitvicz débute à 18 heures. On peut se donner rendez-vous à 17 h 30 sur le parvis du musée. Un cocktail est prévu. J'espère que tu aimes les petits fours ? »

Moi : « Je suis plutôt vin rouge et charcuterie. »

Joël : « Ne t'attends pas à manger du saucisson. Le gratin sera là. Mais je connais un bar sympa dans le IXe où on pourrait finir la soirée. »

Ce dernier message me remplit de quiétude. Mes paupières se baissent. Mes muscles se relâchent. Et sans m'en rendre compte, je m'endors.

On frappe contre la vitre. Je me réveille en sursaut. Une ombre contourne ma chambre de fortune. La portière s'ouvre et Patricia, sourire moqueur aux lèvres, se laisse tomber sur le siège passager.

— On s'accorde une petite sieste réparatrice ?

— J'étais naze…

— Rentre chez toi.

— Non. Alain va passer le salon au luminol. Je ne veux pas rater ça.

— Je lui ai prêté ma voiture pour qu'il puisse aller chercher son matos.

— Merde. Il aurait dû me réveiller…

— Il n'a pas osé. Bon, tu veux savoir ce que m'a dit le marchand d'art ?

J'aimerais lui répondre par la négative mais je n'ai pas le choix.

— Je t'écoute, Pat.

— Premièrement, Dunière s'est révélé moins antipathique qu'hier. Il a répondu à toutes mes questions sans se faire prier.

— Tu crois qu'il est impliqué ?

— Pas sûre. En tuant Tardy et Mourond, il aurait, comme tu l'as déjà suggéré, tué la poule aux œufs d'or. Une grosse partie de son chiffre d'affaires à eux seuls !

— Vraiment ?

— Oui. Dunière est d'ailleurs inquiet quant au devenir de son activité. S'il ne trouve pas de nouveaux acheteurs de ce calibre, sa petite affaire va battre de l'aile.

— As-tu pu obtenir les noms de ses autres clients ?

— Oui. Une petite cinquantaine ! Mettre tout ce monde sous protection risque d'être compliqué. On va se contenter de ceux qui ont eu des démêlés avec la justice.

— Développe…

— D'après Dunière, les victimes se trimballaient des casseroles. La première à cause de ses frasques sexuelles. La seconde serait impliquée dans un trafic d'enfants.

— Non !

— Si. En Afrique. Mourond était membre d'une assoce d'aide à l'adoption, dont les pratiques n'étaient pas toujours très légales…

Soudain, tout s'explique. Mourond et son association caritative, son envie d'adopter un enfant sénégalais… Les bonnes œuvres du dentiste n'étaient-elles qu'une façade destinée à dissimuler un trafic ? Et le grand black ? Quel rôle jouait-il dans cette histoire ?

Notre conversation est interrompue par Alain qui frappe le capot de la voiture du plat de la main. D'un air espiègle, il nous montre sa mallette magique. Sans attendre, nous lui emboîtons le pas, direction le salon. Alain va passer la pièce au luminol, ce produit qui permet, grâce à une réaction chimique, d'identifier des zones invisibles à l'œil nu où du sang aurait été nettoyé. Je me prépare à une déception. Selon moi, le sang a été récupéré pour un usage encore inconnu et nous n'en trouverons pas ici.

Pendant qu'Alain s'équipe du pulvérisateur, Patricia met les derniers indésirables à la porte. Puis elle frappe dans ses mains en exigeant le silence. Tout le monde s'exécute sur-le-champ.

Je me dirige vers les fenêtres, ferme portes et volets et éteins la lumière. Dans la pénombre, je devine Alain se pencher à mon oreille.

— Je commence par le sol ? Comme d'habitude ?

— Essaie d'abord le grand mur blanc. Derrière Mourond.

Le technicien est surpris mais obtempère. Il vaporise. Quelques secondes s'écoulent. Interminables. Je retiens mon souffle. On se croirait dans un cabaret, au moment crucial où le magicien de service s'apprête à réaliser son meilleur numéro. Soudain, des chimiluminescences – éclats bleus qui indiquent la présence de sang – apparaissent. Elles se dévoilent les unes après les autres. Nous admirons le spectacle, bouche bée. Des dizaines, des centaines, des milliers de taches bleues. Des traces, des jets, des projections.

C'est le sang de Mourond qui est étalé sur ce mur !

Choquée, je recule de quelques pas.

À l'emplacement de la photographie de Man Ray, une autre œuvre d'art apparaît. Patricia et Alain gardent le silence. Un nom sort de ma bouche : Jackson Pollock.

22

Vanitas

La plupart du temps, je m'endors sur le canapé, une bouteille de vin rouge à ma gauche, un paquet de chips à ma droite, un joint encore fumant sur le rebord du cendrier. Mais pas ce soir. Ni drogue, ni *junk food*, ni alcool. Juste une vingtaine de photos qui jonchent le parquet de mon salon. Alain ne m'a pas encore remis les siennes. Je dois me contenter de celles prises avec mon téléphone portable. Elles sont de piètre qualité et les imprimer sur ma vieille Canon n'a rien arrangé.

Patricia a insisté pour que je rentre chez moi me reposer. J'ai accepté. Selon elle, j'étais trop fatiguée pour faire preuve d'objectivité et de discernement. J'aurais aimé dormir une heure ou deux. Impossible. Dans mon lit, les yeux grands ouverts à fixer le plafond, je ne voyais que les corps sans vie de l'avocat et du dentiste. Ils flottaient au-dessus de moi tels des noyés. Autour d'eux, un banc de taches bleues et fluorescentes évoluant en suspension m'évoquait d'horribles méduses. Une vision nocturne terrifiante. Une persistance rétinienne insupportable. Il me fallait de la lumière. J'ai rallumé ma lampe de chevet et regardé l'heure. 5 heures du matin. La meilleure chose à faire était de me replonger dans l'enquête.

Les photos du meurtre de Mourond m'hypnotisent. Mes intuitions se muent en certitude. Je dois les partager avec Patricia. Je me jette sur mon téléphone pour l'appeler.

— Du nouveau, Pat ?

— Tu ne devais pas dormir ? répond-elle sur un ton faussement autoritaire.

— Impossible. Mon cerveau ne fait que retourner le casse-tête dans tous les sens. Et l'art revient sans cesse…

— Tu ne vas pas recommencer avec ça ?

— Je recommencerai autant de fois que nécessaire : avec le sang de Mourond, le meurtrier a voulu rendre hommage à Pollock.

— Et chez Tardy ?

— Je ne sais pas encore. Mais je vais trouver.

— Il n'y a peut-être rien à trouver.

— Tu es bien expéditive. Ça ne te ressemble pas…

— Excuse-moi, Audrey, mais je n'ai pas le temps. Je suis à l'hôpital.

Mon cœur fait un bond.

— Tu as eu un accident ?

— Non. C'est Quentin…

La voix de Patricia tremble. Elle est au bord des larmes. Son chagrin m'affecte. Je ne peux m'empêcher de la questionner. Aborder le sujet est difficile pour elle, mais j'insiste. Elle hésite puis se livre enfin. Quentin a été retrouvé dans une impasse du XVIe, une seringue plantée dans le bras, un élastique serré autour du biceps. Coincé entre deux poubelles, inconscient, il aurait pu mourir d'un arrêt cardiaque si des passants n'avaient pas appelé les secours. Les flics sont arrivés. Puis les ambulances. Juste à temps.

Patricia renifle. Un long silence suit.

— Quentin est-il toujours inconscient ?

— Non. Il s'est réveillé quand je suis arrivée. Je… J'ai un mauvais pressentiment, Audrey.

— Développe.

— On l'a retrouvé à quelques pas de la maison de Mourond.

Stupéfaite, je marque une pause avant de répondre :

— C'est sûrement un hasard.

— J'espère. Quentin assure qu'il ne se souvient de rien. Ni comment il a atterri là, ni comment il s'est retrouvé avec cette putain d'aiguille plantée dans le bras.

— Tu le crois ?

— Je ne sais pas.

Je tourne ma langue sept fois dans ma bouche avant de poursuivre :

— Tu dois être plus ferme avec lui. Il ne faut pas le laisser…

— Garde tes conseils pour tes futurs enfants, Audrey.

Un cliquetis. Patricia a raccroché. Je peste. Qui suis-je pour conseiller une mère de famille, moi qui serais incapable de changer la couche d'un nouveau-né ?

J'ai été maladroite. Et j'ai vexé Patricia. La culpabilité m'envahit. Je me sers un verre, allume un joint et me mets à pleurer.

7 heures. La sonnerie du réveil me tire de mon sommeil. Mes paupières s'ouvrent avec difficulté.

Ma vue est trouble. La lumière est basse, comme si le soleil ne s'était pas encore levé.

Je sors du lit et me traîne jusqu'à la cuisine en bâillant. Le ciel est noir, chargé de gros nuages. J'ouvre la fenêtre et gorge mes poumons du parfum d'humidité qui plane ce matin. Je prépare un café serré et le bois debout, en déambulant dans mon salon. Ici, c'est le chaos. Tas de fringues sales, odeurs de shit, cendriers pleins à craquer et bouteilles vides. Je rassemble les photos du meurtre de Mourond, les glisse dans une enveloppe avec celles de Tardy et cherche mon téléphone. Mes doigts tremblent d'hésitation. Je dois trouver un allié sensible à l'art. Joël. Lui seul pourra voir dans ces scènes de crime ce que j'y vois. Je compose son numéro. Je le réveille et m'en excuse. Il grommelle. Son ton d'ours mal léché me fait fondre.

— Je peux passer te voir avant d'aller au boulot ?

— Ça ne peut pas attendre ce soir ?

— Non. C'est au sujet de l'enquête.

— OK. Je serai à mon bureau dans une heure.

— Parfait ! À tout de suite !

Je prends une douche froide, enfile un jean et me maquille sommairement. Je bois un autre café et avale un morceau de brioche qui traînait sur la table de la cuisine.

Dehors, quelques gouttes de pluie glissent dans mon cou. Je devrais prendre un parapluie, mais je n'ai pas envie de faire demi-tour.

Je me dépêche jusqu'à la bouche de métro et saute dans le dernier wagon. Je trépigne d'impatience et d'excitation. De soumettre ma théorie à Joël ? Ou de le revoir ?

Lorsque je sors de la station, c'est le déluge. Je presse le pas. Un pote de lycée assurait qu'il valait mieux marcher plutôt que courir sous la pluie. Il avait peut-être raison : en quelques foulées, je suis trempée. Je sonne à l'interphone et m'élance dans l'escalier. Joël m'attend sur le pas de la porte. Je grelotte. Il m'invite à entrer, m'enroule dans une serviette-éponge empreinte de son parfum et me propose un café que j'accepte volontiers. Je l'avale cul sec. Nous nous sourions, gênés, incapables de nous embrasser.

J'extirpe deux photos de l'enveloppe kraft dissimulée sous mon chemisier et les lui tends. Son visage s'assombrit.

– C'est quoi ? demande-t-il, inquiet.

– Voici les meurtres de Tardy et Mourond.

– OK.

– Je veux que tu observes ces clichés avec ton regard d'expert.

Sous nos yeux, les deux scènes de crime ne présentent pas, au premier abord, de points communs avec l'art. Pourtant moi, j'en vois un.

– C'est quoi ces projections bleues derrière Mourond ? s'enquit Joël.

– Du luminol.

– Tout ce bleu c'est donc…

– Du sang, oui.

Joël secoue la tête comme pour se tirer d'un mauvais rêve.

– C'est atroce…

– Atroce, oui… Concentre-toi sur l'aspect artistique.

– De l'art ? Une telle horreur ?

— Fais un effort. Ces projections de couleur ça ne te rappelle rien ?

Il hésite avant de répondre.

— Le *pouring*. La technique favorite de Jackson Pollock.

Je pousse un cri de victoire.

— Exactement !

— Comment savez-vous qu'il s'agit du sang de Mourond ?

— Les analyses sont en cours mais, à mon avis, elles confirmeront nos intuitions…

Joël ouvre de grands yeux et m'observe sans ciller.

— Et chez Tardy ? Il y avait aussi des projections de sang ?

— Non. Mais je suis sûre que sa mort est, elle aussi, liée à l'art. Et c'est pour cette raison que j'ai besoin de toi.

Docile, Joël se penche sur l'autre cliché. Au bout de quelques secondes, il se redresse et lorgne la pochette en kraft.

— Aurais-tu d'autres photos ? Avec un cadrage différent ?

J'étale devant lui les prises de vue en ma possession. Joël les passe en revue, cherche, observe puis pose soudain son index sur l'une d'elles.

— Celle-ci !

On y voit Tardy, à table, face au crâne de sa défunte épouse. Joël pointe du doigt ce détail macabre que j'avais éludé jusqu'à présent. Pour cause : Gaël l'avait mis sous scellés avant mon arrivée. La scène que j'ai vue – celle qui a imprimé ma mémoire – était incomplète. Pourtant, ce crâne tient un rôle de la plus haute importance.

23

Blue Poles

J'ouvre la porte du bureau de Patricia avec fougue. Sur son visage, deux expressions se succèdent: la satisfaction de me voir, puis la surprise de découvrir que le marchand d'art m'accompagne.

– Qu'est-ce qu'il fait là, lui? demande-t-elle sèchement.

– Nous sommes venus te donner un cours d'histoire de l'art.

Patricia se tasse dans son fauteuil en soupirant.

– T'es plus têtue qu'une mule, ma pauvre Audrey. Combien de fois dois-je te répéter que cette piste ne nous mènera nulle part.

– Écoute-nous avant de tirer des conclusions hâtives!

– Non. Je n'ai pas de temps à perdre. Et toi non plus! Redescends sur terre! Comporte-toi en vraie flic. Si tu veux jouer les conservatrices de musée, tu n'as qu'à envoyer ta candidature au Louvre.

– Je rêve! C'est moi la tête de mule? Tu fais chier, Pat. C'est quoi ton problème? Tu fais un blocage avec l'art parce que Quentin a été renvoyé de toutes les écoles de dessin de la capitale ?

— Ne mêle pas Quentin à cette histoire.

La mâchoire serrée, Joël choisit de s'interposer entre nous. Il se poste devant moi, me tourne le dos et se penche sur ma supérieure.

— Audrey a raison, capitaine. Vous devez considérer la piste de l'art avec sérieux. Laissez-moi cinq minutes pour vous en convaincre.

Patricia nous détaille l'un après l'autre. Joël poursuit.

— Vous permettez que je me serve de votre ordinateur ?

Ma cheffe se lève en bougonnant et cède sa place. Joël se met à pianoter sur le clavier. En attendant que sa recherche aboutisse, je tends à Patricia deux photos – choisies avec soin – des scènes de crime. Elle les observe d'un air détaché.

— Et voilà ! annonce enfin Joël.

Sur l'écran, deux pages Internet sont ouvertes. Mon allié transpire. Il va lui falloir beaucoup de courage et de verve pour convaincre Patricia.

— Regardez ces deux images, capitaine. À droite : *Summertime, Number 9A,* de Jackson Pollock. À gauche : *Vanité aux portraits,* de David Bailly.

Le regard de Patricia est rivé sur l'écran. Son attention est captée.

— Nous pensons que le coupable met en scène les meurtres en s'inspirant d'œuvres d'art ou, plus exactement, de courants artistiques. Pour Tardy, il s'est servi des codes d'un genre pictural du XVIIe siècle : la vanité. Une représentation allégorique de la mort et du temps qui passe. Comme pour une recette de cuisine, des ingrédients sont indispensables à la composition d'une vanité. Ils sont répertoriés en trois groupes : les biens terrestres, les éléments transitoires de la vie et les symboles d'éternité. Vous m'écoutez, capitaine ?

— Oui. Mais soyez bref. Sinon je vais m'endormir.

Dépité, Joël hausse les sourcils. Je l'invite à poursuivre.

— Sur le cliché du meurtre de Tardy, tous les éléments qui caractérisent une vanité sont présents. Du premier groupe, les biens terrestres : un cigare qui se consume et du vin. Du second groupe, les éléments transitoires de la vie : un vase avec des roses séchées, une corbeille de fruits pourris, une bougie qui brûle et, surtout, le crâne de la défunte épouse. Enfin, du dernier groupe, les symboles de vie éternelle : la couronne de laurier dans l'assiette. Le réceptacle ébréché et la nappe brodée tachée de vin sont, eux aussi, des symboles : le temps abîme tout, même les choses les plus précieuses. Regardez la toile de Bailly. Crâne humain, fleurs fanées, verre de vin renversé. Vous voyez tous ces points communs ? Pour moi c'est une évidence : le meurtre de Tardy est une vanité.

— Son assassin a copié une œuvre d'art ? demande naïvement Patricia.

Je choisis d'intervenir.

— Pas vraiment. Il n'a pas voulu reproduire à l'identique une toile existante, mais plutôt en créer une *à la manière de*…

— Pourquoi ?

— Ça reste à découvrir.

— Soit. Et pour Mourond ?

— Le meurtrier s'est inspiré de Pollock, répond Joël. Ce peintre pratiquait le *pouring*, une technique utilisée pour la première fois au XXe siècle par une artiste ukrainienne, Janet Sobel.

— C'est quoi le *pudding* ?

— Le *pouring*, capitaine. *To pour*, en anglais, signifie « répandre » ou « verser abondamment ». Dans cette démarche, l'artiste, pinceau en main, tourne autour d'une toile posée sur le sol sur laquelle il projette de manière spontanée la peinture.

— Un gribouillis, quoi.

— Un gribouillis coté plusieurs millions d'euros. En 2006, une œuvre de Pollock a été adjugée à 140 millions de dollars et les experts assurent que ce record pourrait être aisément battu.

La voix de Joël est pleine de passion. Il veut convaincre Patricia et le moins que l'on puisse dire est qu'il met du cœur à l'ouvrage.

Sans l'interrompre, ma cheffe le laisse terminer puis lui ordonne de quitter le fauteuil où elle reprend place.

— Les projections de sang sur le mur seraient donc un hommage à Pollock ?

— Oui.

— Pourquoi le meurtrier aurait-il effacé son œuvre ?

Cette question me taraude. Je lui ai déjà envisagé une réponse.

— Il voulait peut-être que nous utilisions le luminol pour révéler son tableau ? Que nous, les flics, soyons acteurs du procédé de création en faisant apparaître l'œuvre ?

La réaction de Patricia se fait attendre.

— On tient peut-être une piste, dit-elle enfin.

Joël se tourne vers moi, un sourire de gamin accroché aux lèvres. J'ai envie de lui sauter au cou.

— Par où commencer ? demande Patricia. Auditionner tous les artistes de la capitale ?

Joël éclate de rire.

— Un sacré boulot en perspective. Paris grouille d'artistes. Surtout en ce moment. Nous sommes en pleine biennale d'art contemporain.

— Quand a-t-elle débuté ?

— Le 27 juin.

Patricia se décompose.

— Le jour du meurtre de Tardy.

Le silence s'installe dans le bureau. Nous sommes stupéfaits par cette coïncidence. Ma cheffe bondit de son siège.

— Bon ! On s'intéresse à cette biennale. Audrey, renseigne-toi sur tous les artistes qui gravitent autour de l'événement !

— Entendu ! Mais avant, j'aimerais m'assurer d'une chose.

— Je t'écoute.

— J'ai besoin de retourner sur les scènes de crime. Une idée me trotte dans la tête et je voudrais en avoir le cœur net.

24

Les époux Arnolfini

Dans l'appartement de Tardy, l'odeur de la mort est asphyxiante. Insupportable. Dans six mois, après le passage des entreprises de désinfection et de nettoyage, elle sera peut-être encore présente. On ne se débarrasse pas si facilement du parfum de la dame en noir.

Patricia s'enduit le dessous des narines de camphre et me tend le petit pot. La pénombre dans laquelle nous évoluons n'a rien de rassurant. Je cherche l'interrupteur et l'actionne. Dans la salle à manger, la scène de crime est intacte. Il ne manque que Tardy.

— Tu te souviens de ce que j'ai dit à propos des meubles ?

— Tu pensais qu'on les avait bougés.

— Oui. Mehdi en a eu la confirmation. Anaïs, l'une des petites-filles de Tardy, a affirmé qu'une semaine avant la mort de son grand-père, les meubles étaient à leur place.

— Donc ?

— Le meurtrier a sorti du cadre tous les éléments qui allaient jurer dans son œuvre d'art. Si j'ai voulu revenir ici, c'est pour identifier ce cadre.

Ma coéquipière hausse le sourcil gauche et croise les bras sur la poitrine.

— Je n'ai rien compris !

— Assieds-toi sur la chaise de Tardy, Pat.

Un soupir. Personne n'aime prendre la place du mort. Par superstition. Ou par respect. Patricia s'exécute pourtant. Elle pousse le vice jusqu'à adopter la même posture que la victime. Comme Pollock tournerait autour de sa toile, je tourne autour de la scène à la recherche de l'angle parfait. Il manque quelque chose. Le crâne. Je m'empare d'une bonbonnière aux proportions similaires et la pose sur la table. Je me déplace. Recule. Me décale d'un pas. Rien ne matche. Je quitte la pièce et entends Patricia râler. La double porte qui sépare le hall d'entrée de la salle à manger a été refermée. Je pousse les deux battants et me plante dans l'ouverture. *Bingo !* Avec mon téléphone, j'immortalise ma découverte. Puis je rejoins Patricia qui s'est déjà levée de table. Je lui tends mon portable et lui montre le cliché que je viens de prendre. Le châssis des deux portes encadre parfaitement la scène de crime. Les meubles déplacés sont hors champ, Tardy et le crâne de son épouse sont au centre de la composition. Patricia détaille ma photo, circonspecte. Je dois la persuader. Elle ne m'en laisse pas le temps : elle m'attrape le bras et me tire hors de l'appartement.

— On file chez Mourond !

Stupéfaite, je la suis dans les escaliers au pas de course. Serait-elle convaincue par mon argumentaire ? Je m'apprête à lui poser la question lorsqu'elle prend la parole.

— J'ai révisé mon jugement sur le marchand d'art. Déjà cette nuit il m'avait paru moins antipathique.

Je manque rater la dernière marche. Patricia s'arrête dans le hall de l'immeuble et se tourne vers moi.

— Il n'est pas aussi abruti qu'il en a l'air.

— Patricia Levêque change d'avis ! Je mets une croix sur le calendrier ou j'appelle Macron pour que le 7 juillet devienne férié ?

— Pas la peine d'en faire des caisses. Je reconnais juste que sa démonstration était intéressante.

— Notre démonstration.

— Oui. Si tu veux. Dis-moi : il se passe un truc entre vous, non ?

— Qu'est-ce qui te fait croire ça ?

— Je ne sais pas. Mon intuition féminine ?

Les bras m'en tombent. Patricia nous a démasqués.

— Il m'a invitée à prendre un verre. C'est tout.

— C'est déjà beaucoup…

— Pat !

— N'oublie pas qu'il est sur notre liste de suspects.

— Parce qu'il connaissait Tardy et Mourond ? Et si tu prenais le problème dans l'autre sens. Les deux victimes étaient des collectionneurs. Voilà pourquoi ils connaissaient Dunière. Mais leur point commun initial est l'art !

Nous sautons dans la voiture et filons chez Mourond. Patricia veut mettre la radio, mais je refuse. Inutile d'entendre les journalistes répéter pour la centième fois les détails sordides de la mort du dentiste.

Le silence règne dans l'habitacle. J'en profite pour présenter mes excuses à Patricia.

— Je suis désolée.

— Désolée pour ?

— Ce que j'ai dit au téléphone. Au sujet de Quentin. Que tu devais être plus ferme avec lui. Je n'ai aucun conseil à te donner.

— Tu n'as pas à t'excuser. Tu as eu raison de me remonter les bretelles.

Je suis stupéfaite par sa réaction. Patricia continue sur sa lancée, sans me laisser le temps de répondre.

— J'aime mon fils d'un amour inconditionnel. Un amour maternel qui m'aveugle et m'empêche de sévir. Et voilà où ma faiblesse nous mène. Mon Quentin. Mon petit garçon. Dans la rue. En pleine overdose. Qu'est-ce que j'ai fait pour mériter ça, Audrey ? À quel moment j'ai déconné ?

— Ce n'est pas ta faute. Regarde Anthony… Un garçon adorable, brillant.

— C'est l'aîné. J'ai été tellement dure avec lui. Avec Quentin, je n'ai fait que des erreurs. J'ai passé tous ses caprices, excusé toutes ses erreurs. Thierry a tiré la sonnette d'alarme, mais je n'ai rien voulu entendre.

— Quentin peut s'en sortir. Grâce à ton amour. Il n'est jamais trop tard.

— Ce gosse devrait se trouver un but.

— Le dessin en était un. Pourquoi a-t-il quitté la fac d'arts plastiques ? Il était doué, bon sang !

— Doué, mais ingérable. Il ne supportait pas qu'on juge son travail.

— Et des cours particuliers ? Je connais une prof qui en dispense à domicile. Je peux te donner son numéro de téléphone…

— Pourquoi pas.

— Garde espoir, Pat. Pour lui. Pour toi.

— Merci, Audrey. Et désolée d'être butée lorsqu'il s'agit de Quentin.

— Tu es pardonnée.

Nous échangeons un regard plein de tendresse. La hache de guerre est enterrée. Cette paix retrouvée me comble de joie. Rien n'est plus important que notre amitié.

11 heures. Nous nous garons devant la villa des Mourond. Les journalistes sont encore nombreux. Les flics aussi. Nous passons la porte d'entrée et saluons quelques collègues aux traits tirés. Puis nous nous dirigeons vers le canapé où la victime a été retrouvée. Sur le grand mur blanc, les taches de sang ont disparu. Le luminol ne fait effet que quelques minutes. La «toile» est redevenue vierge. Avant de quitter les lieux, Alain a pris soin de délimiter, au moyen d'adhésif coloré, la surface recouverte de projections.

Comme chez Tardy, je déambule dans le salon à la recherche de l'angle parfait. Il me faut moins d'une minute pour l'identifier. La fenêtre. Elle était d'ailleurs ouverte lorsque je suis arrivée cette nuit. Je pensais que les flics voulaient aérer la pièce. Mais non, il s'agissait d'un indice laissé par l'assassin.

Je sors de la maison, me rends dans la partie arrière du jardin et regarde par la fenêtre. Je prends une photo et la montre à Patricia qui est venue me rejoindre. Elle l'observe sans dire un mot.

— Notre assassin met en scène ses meurtres, Pat, j'en suis sûre. Comme s'il s'agissait d'œuvres d'art !

— Un vrai musée des horreurs.

J'opine. Mon instinct me dit que ce musée n'a pas fini de se remplir.

25

I Miss You

Je jette mon sac sur mon bureau, prends mes dossiers sous le bras et file en salle de réunion où m'attendent mes collègues. Une odeur de friture met mon estomac en émoi. Mehdi me tend un sac en kraft imbibé de gras.

— Je t'ai pris un McChicken et des frites !

— *Mashallah,* Mehdi ! Tu es irremplaçable !

— Eh ! C'est moi qui ai eu l'idée de te prendre à manger, s'offusque Mathias.

Je ris de bon cœur. Depuis ce matin, je me sens l'esprit plus léger. Ce ne sont pas les circonstances actuelles qui me donnent du baume au cœur. L'enquête va demander un boulot monstrueux. C'est autre chose. Un doux sentiment. Une vibration qui secoue ma poitrine. Est-ce l'amour ? Non. Tomber amoureuse m'est interdit.

J'engloutis mon burger en déposant devant chacun de mes collègues une pochette.

— Patricia et moi sommes retournées sur les scènes de crime. Dans ce dossier, vous trouverez les photos que j'ai prises.

— Celles d'Alain ne convenaient pas ?

— Si. Mais pour prendre les miennes, j'ai choisi un cadrage spécifique. J'ai joint un topo sur la vanité et le *pouring*. Je vous laisse en prendre connaissance. Mehdi : tu bosses sur quoi ?

— Toujours à la recherche de Wally et de Tania. C'est le désert de Gobi. Elles sont introuvables.

— OK. Lâche un peu de mou sur cette histoire. Exhume-moi toutes les factures d'achat d'art de Mourond et de Tardy. Je veux savoir quelles toiles ils ont achetées, quand et comment. Que ce soit en galerie ou en salle des ventes. Je veux tous les noms des vendeurs. Renseigne-toi aussi sur un certain Amadou Bénin. Il est d'origine sénégalaise et s'occupait d'une association avec Mourond : Les Dents du bonheur.

— Entendu ! Au fait, Audrey, j'ai terminé les recherches sur Joël Dunière.

— Et ?

— Rien de suspect, sinon un problème avec l'administration en 2015. Il n'avait pas déclaré sa TVA.

— Et le dossier Tupier ? demande Gaël.

— On laisse tomber pour l'instant.

— Les familles des victimes ?

— Pareil. On oublie.

Mathias hausse les épaules.

— On avance sur quoi alors ?

— Sur la piste de l'art. On passe au crible la liste des artistes présents à la biennale d'art contemporain.

— Tu penses que l'un d'eux a pu faire le coup ?

— Lisez le dossier que je viens de vous donner. On se met au boulot juste après.

Mes collègues obéissent en maugréant. Je m'effondre sur une chaise et vide ma barquette de frites.

Soudain, un haut-le-cœur. Mes mains deviennent moites. Des frissons me parcourent le dos. Je quitte la salle de réunion et me précipite aux toilettes. À peine ai-je fermé la porte derrière moi qu'un spasme me soulève l'estomac. En sueurs, agenouillée devant la cuvette des WC, j'ai l'impression de vomir mes tripes. Autour de moi, les murs se mettent à tanguer. Je me redresse péniblement, me traîne jusqu'au lavabo et passe mon visage sous l'eau froide. Puis je m'essuie avec une serviette en papier et reprends mon souffle.

Fébrile, je retourne en salle de réunion. Mes collègues n'ont même pas remarqué mon absence. Les odeurs de frites me donnent la nausée. Les vertiges sont toujours là. J'aimerais fumer un joint pour me détendre, mais c'est impossible. Je jette mon dévolu sur un Alprazolam, «la bouée de secours» comme dirait mon médecin. Puissant anxiolytique ? Ou excellent placebo ? Peu importe. Il remplit sa fonction : me faire décompresser.

J'allume mon ordinateur portable. En quelques clics, je trouve la liste des artistes exposés à la biennale. Ils sont deux cents. Des *perfomers*, des plasticiens, des photographes. Européens, Américains, Africains. Ils disposent tous d'une fiche de présentation avec un portrait et une galerie d'images qui donne un aperçu de leur travail. J'envoie le lien à mes collègues. Ils soupirent en prenant connaissance de la quantité de travail qui les attend.

Un premier tri naturel : certains des artistes qui exposent sont décédés. Un second facteur en élimine une autre partie : ceux qui n'ont pas fait le déplacement jusqu'à Paris. La plupart ont confié leur œuvre à l'organisation de la biennale et suivent l'événement de loin, derrière leurs écrans.

Textes et images défilent sous mes yeux. Les heures passent, mettant à rude épreuve les espoirs que je plaçais dans cette piste.

— Oh putain ! J'ai du lourd !

Je sursaute et me tourne vers Mathias. Gaël et Mehdi se sont précipités derrière lui. Je les rejoins et découvre ce qui semble les terrifier.

— Qu'est-ce que c'est ?

— Une performance. Réalisée par un certain Franko B.

— Il participe à la biennale ?

— Non.

Gaël s'insurge.

— Putain, mais on ne devait pas s'en tenir à une liste ?

— Je suis tombé sur ce mec par hasard, se défend Mathias. Un autre artiste invité, lui, cette année, se revendique comme l'un de ses élèves. Il le considère comme le maître de l'art corporel extrême.

Mehdi ne peut s'empêcher de ricaner.

— Extrême… Le mot est faible.

Sur l'écran de l'ordinateur défile la vidéo d'une performance captée à Londres en 2003. On y voit Franko B., artiste né en 1960 à Milan, arpenter le Turbine Hall de la Tate Modern. Les lieux ont été transformés pour l'occasion et accueillent une sorte de podium de plusieurs mètres de long. Les spectateurs, dont bon nombre de journalistes et de photographes, se tiennent de chaque côté du *catwalk*. Mais ce défilé n'a rien en commun avec ceux de Chanel ou de Saint Laurent. Pas de robes censées donner le ton de la saison automne-hiver. Pas de top-modèles filiformes. Juste un homme gras, chauve, dénudé, couvert de peinture blanche : Franko B. L'artiste enchaîne les allers-retours en marquant une pause chaque fois qu'il atteint l'une ou l'autre des extrémités. La scène se joue dans le plus grand silence que seul le crépitement des flashs vient interrompre. Les similitudes entre le meurtre de Mourond et cette performance me sautent aux yeux. La peau d'une blancheur opaline. La nudité. Plus frappant encore, l'artiste a inséré un cathéter dans chacun de ses avant-bras pour maintenir une veine ouverte. Le sang coule le long de ses hanches et de ses cuisses, engendrant des projections hasardeuses sur le sol recouvert d'un tissu blanc. À intervalles réguliers, Franko B. serre les poings pour accélérer le flux sanguin. Cette mise en scène me soulève l'estomac.

— Je vais gerber, avoue Mehdi.

— Moi aussi.

— Arrête ce truc !

Mathias clique sur le bouton « pause » en riant.

— Bande de petites natures ! On rate le meilleur ! Il paraît qu'à la fin, il s'effondre d'épuisement.

Un texte accompagne la vidéo. Je le lis à haute voix :

« Mon œuvre est centrée sur le viscéral, où le corps est une toile, un terrain direct de la représentation du sacré, de la beauté, de l'intouchable, de l'indicible, mais aussi de la douleur, de la haine, de la perdition, du pouvoir et des craintes face à la condition humaine. »

— Rien compris, soupire Gaël.

Je ne prête pas attention à sa remarque et poursuis :

— Les points communs entre le meurtre de Mourond et cette performance sont nombreux. Les projections de sang, le cathéter qui maintient les veines ouvertes. Mathias : tu nous as dit qu'un artiste présent à la biennale se revendiquait l'émule de Franko B. ?

— Oui. Orlando C. Un prénom plus une lettre. Comme son mentor.

— C'est quoi son créneau ?

— La chair.

— Pardon ?

— Selon lui, l'artiste et son œuvre ne doivent faire qu'un. Plutôt que de réaliser des peintures, photos ou sculptures, Orlando C. propose à ses fans d'acheter un morceau de lui. Il veut que son corps soit vendu, encadré, accroché au mur. Il s'est déjà circoncis en public, arraché les deux lobes d'oreilles et sectionné les tétons. Dans l'unique but de vendre des parties de son corps. Sa performance la plus connue s'appelle *Cut me*. Elle a eu lieu à New York il y a deux ans. Les spectateurs ont mutilé l'artiste pendant des heures. Une femme lui a coupé le petit doigt avec une tenaille. Ce con s'est fait cinq cent mille dollars. Mais l'expérience a failli mal tourner. Du coup, c'est fini. Orlando C. ne laisse plus personne le découper en morceaux. Il s'en charge lui-même.

Mehdi hurle de dégoût.

— C'est ce qu'il va faire lors de la biennale ?

— Oui. Le *happening* se tient à la galerie Lemor, demain soir. Les spectateurs pourront s'offrir, aux enchères, un morceau de peau de l'artiste. Orlando C. s'écorchera en direct. Sans anesthésie. Jusqu'à ce qu'il ne puisse plus endurer la douleur. Ça ne vous rappelle rien ?

Nous nous observons tous les quatre sans un mot. Sur la grande table de réunion, s'étalent les photos des cadavres de Tardy et de Mourond. Nous n'avons d'yeux que pour leurs dos écorchés.

26

Eres Lo Que Lees

Notre interlude «art corporel» terminé, Mehdi et moi sommes penchés sur le rapport du médecin légiste. Une hémorragie a bel et bien causé la mort de Mourond. Les analyses ADN du sang projeté contre le mur sont en cours, mais les premiers tests ont révélé qu'il appartenait au même groupe sanguin que celui de la victime.

J'ai terminé la journée en épluchant les dossiers de presse fournis par la biennale, mais l'approche de mon rendez-vous avec Joël a altéré ma concentration. Dépitée, j'ai quitté le Bastion à 16 heures, sous le regard interloqué de mes collègues. Je suis passée chez moi pour me doucher et me changer. Puis j'ai pris le métro direction Alma-Marceau.

Après l'orage de ce matin, les températures sont remontées en flèche. En résulte une humidité désagréable, une moiteur digne des pays tropicaux. Lorsque je sors de la station, la sueur plaque déjà ma robe contre ma peau et le brushing que j'ai réalisé avec soin ne ressemble plus à rien.

Je longe les quais de Seine et me retrouve au pied du musée d'art moderne de la ville de Paris. Une banderole géante se déploie sur la façade.

« Biennale d'art contemporain. Du 27 juin au 24 juillet ».

Je frissonne. Un mois. Durant lequel tout peut arriver.

Coup d'œil à mon portable. 17 h 30. Pour la première fois de mon existence, je suis à l'heure. Sur le parvis, je devine la silhouette de Joël. Je me glisse derrière lui et donne une légère tape sur son épaule. Mon cœur bat à tout rompre lorsqu'il se retourne. Un grand sourire illumine son visage. Encore une fois, la gêne nous paralyse. Deux adolescents qui n'osent pas s'embrasser. Ridicule !

Je décide de faire le premier pas et dépose un baiser furtif au coin de sa bouche.

— Merci pour l'invitation. Jamais je n'aurais imaginé rencontrer Leitvicz.

— Merci à toi. C'est tellement plus agréable d'aller à ce genre de mondanités accompagné. Par une femme sensible à l'art de surcroît.

Je souris.

— Tu dois faire affaire avec Leitvicz ?

— Oui. De nombreux clients m'ont adressé des demandes particulières pour cette biennale. Une telle manifestation est une occasion en or. Je peux traiter avec les artistes en direct. On discute en buvant du champagne. On se trouve des points communs. On fait ami ami.

— Ça vaut combien un Leitvicz ?

— Trop cher si tu veux mon avis.

— Je croyais que tu adorais son travail ?

— Je l'adore, mais, entre nous, il est surévalué.

— Si tu obtiens un bon prix, je suis preneuse.

— Je note. Mais prépare-toi à vendre un foie.

— Mon foie est en piteux état.

— Alors t'es mal barrée pour accrocher un Leitvicz au-dessus de ton bureau.

Nous pénétrons dans le hall du musée, où de nombreux spectateurs se sont entassés. La conférence affiche complet et, sans Joël, je n'aurais jamais eu l'opportunité d'y assister.

— Un cocktail est prévu après la conférence. J'en profiterai pour parler business avec Leitvicz. Si, pendant ce temps, tu veux voir l'expo… C'est nocturne ce soir. Les portes ferment à minuit. Je te rejoindrai dès que j'aurai fini. On pourrait aller boire un verre ensemble. Dans un endroit disons moins… guindé ?

— Avec plaisir.

Joël me conduit dans une salle majestueuse. Des places nous ont été attribuées au second rang. J'aimerais savourer l'instant présent, mais je n'y arrive pas. L'enquête m'obsède.

— J'ai des questions à te poser, Joël. Au sujet de Tardy et de Mourond.

— Tu sais que consultant sur une affaire de meurtres ça se monnaie.

— Tu ne penses qu'au fric, putain !

— Et toi qu'au boulot !

— Pardonne-moi de vouloir retrouver le coupable avant qu'il ne s'en prenne à tes autres clients !

Froissé, Joël soupire.

— Je te propose de passer la soirée avec moi, de rencontrer l'un de tes artistes favoris et tout ce qui t'intéresse, c'est ton enquête.

Sa réaction m'estomaque. Vexée, je me lève, bien décidée à partir. Leitvicz fait soudain son apparition et le silence s'abat sur la salle.

— Si on arrêtait de se chamailler ? murmure Joël en me retenant.

Une vieille peau nous intime de nous taire. Pas le moment de faire un esclandre. Docile, je me rassieds. Les doigts de Joël caressent ma main. Mon cœur va exploser. Je desserre le poing et ne bouge plus d'un millimètre. Électrisée par le lien charnel qui se tisse entre lui et moi, j'ai du mal à me concentrer sur la conférence. Joël est, pour sa part, pendu aux lèvres de Leitvicz. De leur côté, les journalistes ne tarissent pas de questions. Dans un anglais impeccable, l'artiste explique sa démarche : politique, sociale, environnementale. Elle est encore plus complexe que je ne l'imaginais. Leitvicz est un homme torturé. Ce Polonais a grandi dans la misère la plus totale. Battu et violé par son père sous le regard indifférent de sa mère, il est témoin du suicide de cette dernière. Elle s'ouvre les veines sous ses yeux. Il est alors âgé de huit ans.

Les œuvres majeures de Leitvicz défilent sur l'écran derrière lui. Des toiles minuscules. Un travail plastique riche. Pour moi, ces petits carrés sont une lucarne sur le monde, une fenêtre ouverte sur une dimension parallèle faite de couleurs et de matières. Un univers fascinant.

Une heure plus tard, la conférence s'achève. Ma main quitte celle de Joël. Il est aux anges. Moi aussi.

Dans le grand hall, des serveurs s'agitent derrière des tables recouvertes de petits fours. Les coupes de champagne défilent autour de nous. Joël passe son bras autour de ma taille et m'entraîne avec lui. Je rougis. Ma gêne est à son paroxysme lorsque nous nous retrouvons face à Leitvicz. L'artiste nous dévisage, l'air hautain, puis se déride lorsque Joël se présente. Les deux hommes échangent une franche poignée de main.

– Je vous présente Audrey. Elle aime beaucoup votre travail.

– C'est elle qui veut m'acheter un tableau ? Ça ne m'étonne pas. Mes œuvres sont faites pour embellir les appartements des belles femmes.

Si je le pouvais, je m'enfoncerais dans le sol pour disparaître à jamais.

– Audrey n'est malheureusement pas l'acquéreur dont je vous ai parlé, précise Joël.

Disciplinée, j'écoute les deux hommes parler cote, dollars et mécénat. Mais la conversation devient ennuyeuse. Je m'excuse auprès d'eux et me fais la malle en attrapant une coupe de champagne. Je déambule parmi la foule et découvre un monde qui m'est inconnu. Sacs Chanel. Talons Louboutin. Robes Prada. Acide hyaluronique et botox. Je tends l'oreille pour saisir des bribes de conversation lorsque mon téléphone se met à vibrer. Je m'isole et décroche.

– Maman !

– Audrey ! Enfin ! J'avais peur qu'il te soit arrivé quelque chose.

– Pardon ?

– Je n'ai pas eu de tes nouvelles depuis une éternité.

À quand remonte son dernier appel. Hier ? Non. Avant-hier. Tu parles d'une éternité…

— Tu n'as pas oublié notre repas, ma chérie ?

— Je t'ai dit que je ne pouvais pas venir.

— Tu m'as envoyé un texto. Pour me dire que tu avais changé d'avis.

— Je sais… Mais c'était avant le meurtre de Mourond.

— Mon Dieu ! Tu enquêtes sur cette histoire sordide ?

— Oui.

— On ne parle que de ça aux infos ! Saigner un homme pour repeindre les murs du salon… Quelle drôle d'idée !

— Tu devrais éteindre ta télé, maman. Bon, je vais devoir raccrocher.

— Déjà ?

— Oui. Je suis au boulot…

— Tu m'appelles quand tu rentres ?

— Pourquoi ?

— Pour parler. La vie est courte, tu sais. Et je ne serai pas éternelle.

Personne ne manie aussi bien la culpabilité qu'elle.

— Oui, maman. Je sais. Tu me l'as déjà dit cent fois !

— Pas la peine de t'emporter !

— Si, je m'emporte ! M'appeler sans cesse. Vouloir me voir tout le temps. Faire du chantage affectif ! Tu m'étouffes ! T'as compris ? Tu m'étouffes !

J'ai hurlé. Deux sosies de Bettencourt me fusillent du regard. Au bout du fil, ma mère fond en larmes. Je raccroche. Son attitude m'exaspère. Son but est toujours le même : avoir la mainmise sur ceux qu'elle aime. Possession. Jalousie. À en perdre la raison. Un souvenir glaçant me revient. J'avais dix-neuf ans et n'habitais plus chez mes parents. Un soir de septembre, mon père m'avait appelée en pleurs. Il s'était absenté quelques jours pour une mission à Marseille. À son retour, il avait retrouvé son chien attaché dans la cave, mort d'inanition. Fou de chagrin, il avait demandé à ma mère pourquoi elle n'avait pas nourri le pauvre animal. Son explication fut terrifiante : elle était jalouse de l'amour que son époux portait à une bête. Ce chien était devenu un rival. Un pion à faire tomber. Elle s'y était employée dès que mon père avait eu le dos tourné. Cet épisode m'avait anéantie. Mais il m'avait aussi appris une chose : ma mère était prête à tout par jalousie.

27

Sod and Sodie Sock

Le temps qui passe.

La thématique choisie cette année par la biennale est aussi vaste que complexe. En attendant Joël, je déambule dans la salle principale et découvre les projets retenus par les commissaires d'exposition. L'audace de certaines œuvres me subjugue. J'ai toujours aimé l'art contemporain. Malgré les apparences, rien n'est jamais gratuit. Géopolitique, consumérisme, industrialisation, racisme. Les sujets abordés sont nombreux. L'art a toujours été l'outil idéal pour critiquer la société. À travers les siècles, les artistes ont expérimenté de nouvelles techniques et de nouveaux moyens pour aborder les sujets les plus sensibles. Les performances extrêmes de Chris Burden ou de Piotr Pavlenski ont pris la place des œuvres sanglantes de Jérôme Bosch ou Francisco de Goya. La peinture à l'huile a été remplacée par le sang. Les toiles ont cédé leur place aux corps.

Je m'apprête à entrer dans la deuxième salle d'exposition lorsqu'un gardien me prévient.

— Attention, cette pièce est réservée à un public averti, madame.

Je souris et pénètre dans la salle consacrée à une installation de Mike Kelley et Paul McCarthy. Sur plusieurs centaines de mètres carrés, des tentes militaires ont été dressées. Des vidéos sont projetées sur les murs. Des images défilent : des parties génitales, des excréments, du sang. Des murmures proviennent de haut-parleurs : des râles de douleur, des cris de jouissance. Des odeurs répugnantes de transpiration et de sperme flottent dans l'air. Paul McCarthy. Probablement l'artiste le plus controversé du XXIe siècle. Il suffit de taper son nom dans Google pour en prendre la mesure. Violence. Pornographie. De nombreux Parisiens le connaissent sans peut-être le savoir. Il est à l'origine de *Tree*, une sculpture éphémère érigée place Vendôme en 2014. À l'époque, l'auteur avait assuré qu'elle représentait un arbre de Noël. Mais la plupart des passants ont vu dans cette structure gonflable un sex-toy de vingt-quatre mètres de haut. Difficile de les contredire quand on connaît les penchants provocateurs et transgressifs de l'artiste. Selon le Printemps français, mouvement catholique traditionaliste, l'artiste avait défiguré la plus belle place de Paris et humilié la capitale ; et Christine Boutin s'était fendue d'un tweet assassin. Hasard ou coïncidence : deux jours plus tard, en pleine nuit, *Tree* était vandalisé. Ou plutôt dégonflé. La directrice de la Fiac – la Foire internationale d'art contemporain, commanditaire de cette sculpture – avait déploré cet acte. « À quoi sert une œuvre d'art si ce n'est à troubler, à poser des questions ? » avait-elle déclaré. Les intellectuels avaient soutenu

McCarthy, mais personne n'avait pu le convaincre de remettre son sapin sur pied. J'avais suivi cette affaire avec grand intérêt. Voir les culs-bénis entrer en guerre contre les bobos amateurs d'art contemporain m'avait beaucoup amusée. Paul McCarthy est un habitué des scandales. Je me souviens de la projection de l'une de ses performances durant laquelle il s'enfonçait une poupée Barbie dans l'anus. Une autre durant laquelle, déguisé en Pinocchio, il simulait l'acte sexuel avec son long nez. McCarthy ou comment faire cohabiter le monde de l'enfance avec celui des adultes, dans ce qu'il a de plus pervers, de plus violent. Comprendre son œuvre se mérite. Il faut aller à la pêche aux informations, se renseigner sur son travail, sur sa démarche. On découvre alors que son objectif principal est de rendre la banalité du quotidien dérangeante. La confusion des codes est son credo. Un sapin de Noël ? Ou un sex-toy géant ? Si vous ne pouvez pas répondre à cette question, alors McCarthy a réussi son coup.

J'évolue entre les tentes militaires et essaie de trouver un sens à cette installation. Ne disposer d'aucune clé, d'aucune explication pour interpréter une œuvre est frustrant. Nombreux sont ceux qui regrettent la belle époque de la peinture classique où l'art pictural délivrait un message sans équivoque.

Je me dirige vers un écriteau et me lance dans la lecture de la genèse de l'œuvre. Les vidéos projetées sur ces murs ont été tournées ici. On y voit des figurants masqués, les parties intimes à l'air, s'enduire de fluides en tout genre. McCarthy et Kelley ont, en personne, pris part à des *happenings* dans ces baraquements. L'atmosphère est terriblement malsaine. Elle me prend aux tripes. À la gorge. L'odeur qui règne ici me retourne l'estomac. Comment une œuvre d'art peut-elle avoir un tel impact sur moi ? Le gardien avait raison… *Pour public averti.*

Je contourne une tente lorsque Joël et moi tombons nez à nez. Je ne peux réprimer un sursaut. Il s'en amuse.

— Tu fais connaissance avec McCarthy ?

— J'allais partir. Je ne me sens pas à l'aise ici.

— Tu m'étonnes. Tu as fait le tour de l'installation ?

— Oui. C'est… dégoûtant. Comment ça s'est passé avec Leitvicz ?

— Adjugé, vendu ! J'ai pu obtenir une toile à un prix, disons, raisonnable. Je viens de contacter l'acquéreur. Il est aux anges. Un succès.

— Bravo ! On va fêter ça ?

Nous jetons notre dévolu sur un bar animé, à quelques rues de l'Olympia. Je m'effondre sur une banquette tandis que Joël commande deux verres de vin et revient s'asseoir en face de moi.

— Quelles questions avais-tu à me poser sur l'enquête ?

— Désolée, Joël. J'ai été… maladroite.

— Et moi susceptible.

— On parlera de l'enquête une autre fois, d'accord ?

— Non. Vas-y. Je me sens tellement bête d'avoir réagi de cette façon.

— Puisque tu insistes… Je voulais te parler d'Orlando C.

— Le performeur ? Il se produit demain soir dans une galerie.

— J'ai vu. Que penses-tu de son travail ?

— Les mutilations en public, très peu pour moi. Plus du grand guignol que de l'art. Mais ce n'est que mon avis. Et on ne peut pas reprocher à cet homme sa détermination. Il est prêt à tout. Même à se mettre en danger. Mais que veux-tu ? La démarche artistique est plus importante que la vie. L'art est immortel. Il nous survivra.

— Ouais…

— Pourquoi t'intéresses-tu à lui ? Tu penses que les meurtres…

— J'essaie d'établir un parallèle avec l'art. Tardy est mort le jour de l'ouverture de la biennale. Lui et Mourond ont été mis en scène dans des tableaux. Je me demande juste si un artiste serait suffisamment secoué pour faire ça.

Joël reste silencieux. Il me dévisage comme s'il cherchait une réponse dans mon regard.

— Tu m'as parlé de morceaux de peau prélevés dans le dos, dit-il enfin. C'est pour cette raison que tu penses à Orlando C. ?

— Oui.

— Orlando C. utilise son propre corps. C'est toute la symbolique de sa démarche. Quel intérêt trouverait-il à torturer ses semblables ? Non. Je n'y crois pas.

— Quelle est ton hypothèse alors ?

— L'artiste raté. Le type qui profite de la biennale pour bénéficier d'une exposition médiatique. Tous les projecteurs sont aujourd'hui braqués sur les œuvres réalisées par celui que les galeristes ont dédaigné.

— Braqués sur les meurtres, tu veux dire.

— C'est la même chose, non ?

Cette explication est intéressante, mais elle ne me convainc pas. Joël doit le sentir. Il reprend son argumentaire, plus déterminé que jamais.

— Tu sais ce qu'on raconte sur Hitler ?

— Qu'il s'est fait recaler des Beaux-arts de Vienne. D'après les jurés, il manquait de talent.

— Oui, et on dit qu'un juif était membre de ce jury, et qu'il fut particulièrement intraitable avec le jeune homme. Ce dernier en aurait gardé une rancune amère. Certains historiens assurent que son antisémitisme viscéral trouverait son origine dans cet épisode de sa vie. La suite, on la connaît…

Je fixe Joël, dubitative.

Soudain, le volume sonore augmente et communiquer devient difficile. Joël et moi devons nous pencher l'un vers l'autre pour discuter. Nos visages ne sont qu'à quelques centimètres et cette promiscuité nous gêne. Joël retourne au bar commander deux vodkas et, plutôt que de reprendre place face à moi, vient s'asseoir à ma droite. Glissant ses doigts dans mes cheveux, il approche ses lèvres des miennes et m'embrasse. Ce baiser m'électrise. Je pose une main contre son torse. Sa chaleur irradie ma paume. Le temps s'arrête autour de nous. J'aimerais que cette soirée ne finisse jamais. Mais à 2 heures du matin, le barman nous fiche à la porte.

Légèrement ivres, nous quittons notre banquette à regret et lui proposons de l'aider à faire le ménage. Il menace d'appeler la police si nous ne déguerpissons pas. Je brandis ma carte en hurlant qu'elle est déjà là. Joël me prend par la taille et m'entraîne dehors.

— Tu es venue en métro ? me demande-t-il.
— Oui, m'sieur.
— Tu ne prends jamais ta voiture ?
— Pas si j'ai prévu de boire.
— Je te dépose chez toi ?
— Volontiers.

Je monte dans la vieille bagnole de Joël. Il démarre et allume l'autoradio. Dans le lecteur CD, un album des Cure. *Three Imaginary Boys* emplit l'habitacle. Je me mets à fredonner tandis que Joël bat la mesure sur son volant.

Nous arrivons enfin au pied de mon immeuble. Je rêve de l'inviter à monter, mais me retiens. Nous nous embrassons une dernière fois. Nos lèvres s'emballent. Nos mains se serrent. Nos doigts s'emmêlent. Une chaleur brûlante m'envahit. Je repousse Joël, sors du véhicule, ouvre la portière arrière et prends place sur la banquette. C'est stupide. Nous pourrions aller chez moi, mais je ne préfère pas. Comme si cette alternative me donnait la possibilité de changer d'avis au dernier moment.

Joël m'observe dans le rétroviseur.

L'espace d'un instant, son regard me rappelle celui de Ben.

Puis celui de mon ex.

Non, Audrey. Tous les hommes ne te veulent pas du mal.

Pendant que l'hémisphère gauche de mon cerveau délibère avec le droit, Joël quitte le siège conducteur pour me rejoindre sur la banquette arrière. Il me prend dans ses bras, embrasse mon cou, goûte mes lèvres, balade ses mains sur moi. Je me colle contre lui et l'enlace de mes jambes. D'un geste, je déboutonne sa chemise. Il descend la fermeture éclair de ma robe et dégrafe maladroitement mon soutien-gorge. Sa peau rencontre la mienne pour la première fois. Nos cœurs se mettent à battre au diapason. Les doigts de mon amant se promènent sur moi, se frayent un passage entre mes cuisses. Mes muscles se contractent. Ses caresses sont enivrantes. Puis il entre en moi avec douceur. Un va-et-vient langoureux. Deux formes qui n'en composent plus qu'une. Deux corps qui s'imbriquent. De la plus pure des façons.

À l'arrière de cette voiture, mes promesses de ne jamais plus retomber amoureuse partent en fumée.

28

Le verrou

9 heures du matin.

Mes paupières sursautent.

Où suis-je ?

Chez moi.

D'un coup de pied, je repousse les draps du lit. La chaleur est insupportable. Je n'ai pas fermé les volets hier soir et le soleil frappe la fenêtre de ses rayons brûlants. Une migraine me rappelle que j'ai trop bu. Que *nous* avons trop bu. Je me retourne. Joël est là. L'air serein. Il sent mon regard posé sur lui et ouvre les yeux.

— Laisse-moi dormir.

— M. Dunière serait-il ronchon le matin ?

Il pouffe de rire et tire la couverture sur son visage. Je lui pince les hanches. Il me supplie d'arrêter. Reprenant le dessus, il bondit sur moi, attrape mes mains et n'en finit plus de me chatouiller. Nous rions comme des gamins jusqu'à ce que la sonnerie de mon téléphone interrompe nos chamailleries.

— Audrey ? C'est Pat. Tu ne viens pas au bureau aujourd'hui ?

— Si, bien sûr.

Je me redresse sur le lit et tente de retrouver mon sérieux. Joël comprend que ma supérieure est à l'autre bout du fil. Il se met à imiter un dragon, gonflant le torse et soufflant un feu ardent sur tout ce qui l'entoure. Je retiens un fou rire.

– Mehdi a trouvé quelque chose sur Amadou Bénin. Il aimerait te voir à ce sujet.

– Parfait. Où en sont les autres ?

– Mathias cherche la signification du tatouage dans le dos de Tardy et Gaël bosse sur la biennale.

– Une personne seulement sur la piste de l'art ?

– Affirmatif.

– Mais Pat…

– C'est amplement suffisant.

– Tu sais à quel point cette piste est primordiale…

– Peut-être, mais ce n'est pas la seule.

– Nous avons identifié un artiste qui présente des points communs avec le profil du tueur.

– Et ?

– Je vais assister à l'une de ses performances ce soir. J'espère en apprendre plus.

– Si d'ici quarante-huit heures tu n'obtiens rien de probant, on passe à autre chose, compris ?

Je lui raccroche au nez. Joël n'a pas perdu une miette de cette conversation.

– Je suis dégoûtée. Mon hypothèse est en train de faire pschitt…

– Je croyais pourtant qu'on avait convaincu ta cheffe.

– Je le croyais aussi.

– Tu lui as bien dit que tu irais au happening d'Orlando C., ce soir ?

– Oui.

— Et comment comptes-tu entrer ? Si tu n'as pas une liasse de billets à agiter sous le nez du cerbère…

— Je pensais qu'un ami haut placé pourrait m'obtenir une invitation…

Joël éclate de rire. Je me vexe.

— Si ce n'est pas possible, tant pis. Je me débrouillerai autrement. En agitant ma carte de flic par exemple. Mais bonjour la discrétion !

— T'as de la chance de me connaître. J'espère que tu en as conscience…

— Oh, monsieur Dunière ! Je suis si chanceuse de vous avoir dans mon lit !

— Ouais… Passe-moi mon téléphone. Je vais appeler la commissaire d'expo de la biennale. Elle m'aime bien.

Mon sang ne fait qu'un tour.

— Comment ça, elle t'aime bien ?

— Façon de parler.

— Façon de parler ?

— C'est bon. Calme-toi. Il n'y a rien à…

— Ôte-moi d'un doute : tu es bien célibataire ?

Pas de réponse. Joël pose les mains sur les cuisses et baisse le regard.

— C'est compliqué.

Je fulmine.

Bravo Audrey ! Encore une fois, tu as touché le gros lot.

— Compliqué ? C'est… compliqué ? OK. Je crois qu'on va en rester là, Joël.

— Eh ! Laisse-moi le temps de t'expliquer !

— T'expliquer ? Maintenant que tu m'as baisée à l'arrière de ta bagnole pourrie ? Que tu as bien profité de moi ?

— Audrey…

— Inutile d'insister. Si tu veux tromper ta femme avec la première venue, ne compte pas sur moi.

— Mais qui t'a dit que…

— Va-t'en !

Les larmes me montent aux yeux, mais je ne dois pas montrer ma faiblesse. Je m'enroule dans un peignoir et quitte la chambre en pleurant. Quelques minutes plus tard, Joël apparaît, engoncé dans son costume noir. Il me dégoûte.

— Quand tu seras prête à m'écouter, fais-moi signe.

Il claque la porte. Sans un dernier baiser. Sans une dernière caresse. Je m'effondre. Colère. Chagrin. Déception. Aurais-je dû écouter son explication ? Non. Sûrement pas. Lui laisser cette chance serait lui donner l'opportunité de me faire du mal. Et ça, il n'en est pas question.

*

— Tu n'aurais jamais dû mettre trois personnes sur une piste aussi fragile. C'est un non-sens. C'est comme ça que tu comptes gravir les échelons ? En prenant ce genre de décision ?

— Ne me reproche pas de prendre des initiatives, Pat.

— Une initiative ? Moi j'appelle ça une erreur.

Nous élevons la voix. Nos collègues s'agglutinent devant la baie vitrée pour assister à notre joute verbale. J'ai honte.

— On se calme !

Mehdi a bondi dans le bureau sans même frapper. Il chasse les curieux dans le couloir et fait claquer la porte derrière lui. Je lui lance un regard gêné auquel il répond par un sourire. Patricia se laisse tomber sur une chaise en soupirant. Mehdi nous dévisage l'une après l'autre puis décide de changer de sujet. La meilleure chose à faire.

— Connaissez-vous L'Arche de Zoé, Audrey ?

— Bien sûr. C'est une association qui a eu des démêlés avec la justice, si mes souvenirs sont bons.

— Exact ! En 2007, neuf de ses membres ont été arrêtés au Tchad par les autorités locales. Ils escortaient un groupe de gamins vers la France où une cinquantaine de familles les attendait. Le parquet de Paris a soupçonné une « activité d'intermédiaire dans le domaine de l'adoption sans autorisation ». L'association a assuré qu'il s'agissait d'un sauvetage humanitaire mais, pour les autorités, ça rassemblait plus à un trafic d'enfants.

— Un rapport avec Amadou Bénin ?

— Il y a trois mois, Mourond et Bénin ont été inquiétés par la police pour une affaire semblable.

— Quoi ?

— Ils ont essayé de faire sortir vingt-quatre gamins du Niger.

— Impossible, Mehdi. Mourond souffrait d'un cancer. Il était sous dialyse… Je l'imagine mal faire des cabrioles en Afrique !

— C'est Bénin qui a été intercepté à l'aéroport de Niamey. Mourond était, lui, bien au chaud dans le XVIe arrondissement. Mais des e-mails et des virements bancaires ont prouvé son implication. Les mômes étaient bien destinés à l'adoption. Des relations privilégiées entre Amadou Bénin et le gouvernement nigérien ont pu leur éviter de nombreuses années derrière les barreaux, voyez. L'affaire a été étouffée en quelques jours.

— Un enlèvement d'enfants ?

— Oui !

— Dans quel but ?

— Se faire de la thune.

— Et les familles françaises qui attendaient ces enfants ?

— Elles ont intenté une action en justice il y a quelques semaines. D'après les premiers éléments de l'enquête, l'argent qu'elles ont versé à l'association aurait disparu des caisses !

Devant ma stupeur, Patricia prend la parole.

— Mourond était plein aux as et son association Les Dents du bonheur marchait du feu de Dieu. Pourtant, il a essayé de s'enrichir encore plus en prenant des risques et en se livrant à un ultime trafic d'enfants.

— Alors qu'il souffrait d'un cancer en phase terminale.

— En plus ! La question est : pourquoi ? Pourquoi avait-il toujours besoin de plus d'argent ?

— Le faisait-on chanter ?

— Oui. C'est en tout cas ma première hypothèse.

— Et la seconde ?

— Nos deux clients se trimballaient des casseroles. Tardy, ses pulsions sexuelles ; Mourond, son trafic de gosses. Dans les deux cas, la justice n'a pas pu faire son travail. Le dentiste a été lavé de tout soupçon grâce à des relations haut placées. Quant à l'avocat, il a pu battre et violenter des prostitués en toute impunité.

— L'assassin aurait voulu faire justice lui-même ?

— C’est ma seconde hypothèse. Allez, au boulot. On creuse dans ces directions.

Patricia affiche un sourire de satisfaction. Dépitée, je me tourne vers Mehdi. Il hausse les épaules, impuissant. Nous n’avons pas d’autre choix que suivre les ordres de notre capitaine.

29

Le buveur

Un *bip* me tire de mes pensées. Nouvel e-mail dans ma boîte de réception. Joël vient de m'envoyer deux invitations pour la performance d'Orlando C. Son message est on ne peut plus laconique : « Comme convenu. » J'imprime le PDF, le glisse dans la poche arrière de mon jean et m'élance dans le couloir. Gaël est dans son bureau, plongé dans la lecture d'un dossier.

– Tu fais quoi ce soir, Gaël ?

– Pardon ?

– Je vais assister à la performance d'Orlando C. J'ai deux places. Si ça te dit…

– Le mec qui se charcute en public ? Désolé, très peu pour moi.

– C'est pour l'enquête, Gaël.

– L'art n'est plus la priorité.

– Tu ne bosses plus sur la biennale ?

Je comprends, à sa mine défaite, que la réponse est négative. Sans qu'il ait le temps de m'en empêcher, je m'empare d'une feuille et demande :

– C'est quoi ça ?

— Les patients de Mourond.
— Qui t'a mis là-dessus ?
— À ton avis ?
— Et la biennale, bordel ! Qui s'en occupe ?
— Tu n'es pas sur le coup ?
— Non.

Je quitte le bureau de mon collègue et me précipite dans celui de ma capitaine. Patricia et Mehdi entourent des noms au feutre rouge sur une liste de plusieurs pages.

— Plus personne ne bosse sur l'art ?

Je hurle. Tout l'étage doit m'entendre.

— Baisse d'un ton, Audrey. Et non, pour l'instant, on suit tous des vraies pistes, et pas des lubies.
— T'es folle.
— Je te demande pardon ?
— C'est quoi ton problème avec l'art, Pat ? Je pensais qu'hier, avec Joël, nous étions parvenus à te convaincre !
— Peut-être. Mais c'était avant de regarder des trucs sur Franko B. et tous les autres. Ces hommes… Ces femmes… qui utilisent leur corps pour servir un propos artistique. Ils sont inoffensifs ! Ce sont des gens mal dans leur peau. L'art est leur thérapie. C'est tout ! Tu fais fausse route avec ce truc, crois-moi.
— Non, je ne crois pas.
— Ne m'oblige pas à te mettre sur la touche, Audrey.

Je serre les poings. Mes ongles s'enfoncent dans ma chair. Ça fait un mal de chien. Je quitte le bureau en jurant et fais claquer la porte derrière moi. Patricia m'emboîte le pas et me conseille de rentrer chez moi me reposer. Si elle croit que je vais l'écouter !

Je veux comprendre pourquoi elle fait preuve de tant d'obstination. Et j'ai ma petite idée…

Une heure plus tard, je me gare rue d'Armaillé, dans le XVIIe arrondissement, non loin de l'hôpital Marmottan. Je bondis dans le hall et me présente à l'accueil.

— Je viens voir Quentin Levêque.

— Il ne reçoit pas de visites.

Je dois brandir ma carte de police pour obtenir le numéro de sa chambre. Dans les couloirs, je croise des patients, rongés par la drogue et la dépression. Leur regard vide et froid me pétrifie. Je baisse la tête et accélère le pas. Impossible de ne pas penser à un film de zombies.

J'arrive devant la chambre de Quentin et frappe deux fois. Pas de réponse. Je décide d'entrer. En découvrant le jeune homme, la tristesse me submerge. Il est seul, assis sur une chaise derrière une petite table carrée. Devant lui, un bol, une fourchette, une carafe d'eau et un verre. Son visage est creusé ; ses bras sont bleus et décharnés, ses yeux enfoncés dans leurs orbites. Je suis surprise de voir qu'il porte les cheveux courts. Le personnel hospitalier a dû lui couper ses dreadlocks par souci d'hygiène.

— Bonjour, Quentin.

Il tourne lentement la tête vers moi. Il est engoncé dans un gilet marron alors que la température dans l'hôpital doit avoisiner les trente-cinq degrés. J'ai pitié de lui.

— Je suis Audrey. Je bosse avec ta mère. Nous nous sommes déjà croisés. Tu t'en souviens ?

Aucune réaction de sa part.

Je jette un œil autour de moi. Sur un petit bureau, une pile de feuilles et une trousse attirent mon attention.

— Tu dessines toujours ?

— Oui.

— Cool. Tu me montres ?

Le jeune homme hésite avant de se lever. Il se dirige vers le bureau en traînant des pieds et étale devant lui une dizaine de dessins au fusain. Des visages émaciés. Des corps décharnés. Des os saillants. Des peaux laiteuses. La souffrance transparaît dans tous ces portraits.

— C'est beau, Quentin.

— Les médecins disent que c'est pour mon bien.

— Dessiner ?

Le jeune homme hoche timidement la tête.

— Celui-ci, c'est mon préféré.

Un sourire éclaire son visage. Du bout des doigts, il caresse le dessin qu'il me montre.

— Tu es doué, Quentin. Pourquoi ne reprends-tu pas tes études ?

— Les profs d'art plastique n'aiment pas les gens qui dessinent. Ils préfèrent ceux qui collent, découpent, barbouillent. Le figuratif n'a plus sa place dans notre société.

— Je connais une bonne professeure de dessin. Tu devrais la rencontrer. Elle saurait tirer le meilleur de toi.

— Pour en faire quoi ?

Je n'ai rien à lui répondre. Chez les sujets dépressifs, il ne suffit pas d'une simple discussion pour redonner confiance. C'est un travail long, laborieux, assorti le plus souvent d'une ribambelle de médicaments.

Je regarde l'heure. Le temps passe vite.

— Que s'est-il passé l'autre soir dans la ruelle ?

— Je sais pas.

— Tu n'as aucun souvenir de ce qui t'est arrivé ?

— Je… cherchais ma dose.

— Tu avais rendez-vous ? Avec un dealer ?

— Oui.

— Comment s'appelle-t-il ?

— La capuche.

— Ça fait longtemps que tu le connais ?

— Ouais. Depuis la nuit des temps.

— Qu'est-ce que vous foutiez dans le XVIe ? C'est pas vraiment un lieu de rendez-vous habituel.

— Si, justement. Là-bas, on a moins de chance de tomber sur les flics.

Coup d'œil sur la pendule. Bientôt midi. Je dois faire vite. Patricia va sûrement rendre visite à son fils durant sa pause déjeuner. Si elle me croise ici, c'en est fini de moi.

Je me replonge dans les dessins de Quentin sans pouvoir chasser cette question de mes pensées : pourquoi Patricia balaie-t-elle la piste de l'art avec autant d'acharnement ?

« Un artiste raté », a dit Joël.

Un rebut de la société. Qui tue pour exister.

— Qu'est-ce que tu fous là ?

Je sursaute et me retourne. Patricia se tient derrière moi, les mains sur les hanches. Elle est furieuse.

— Pose ces dessins !

Je m'exécute.

— Je suis juste venue…

Elle m'agrippe et m'entraîne hors de la chambre.

— Tu as dépassé les bornes, Audrey.

— Sois réaliste, Pat. Et ose affronter la vérité en face. Tu partages les mêmes craintes que moi. Quentin est un artiste, n'est-ce pas ? Personne n'a voulu de lui. Ni les écoles, ni les galeries. Alors qu'il a un talent fou. On l'a retrouvé inconscient dans une ruelle à deux pas de chez Mourond. Il est rentré en France quelques jours avant le meurtre de Tardy. Ne me dis pas…

— Tais-toi !

— … que tu n'as pas envisagé sa culpabilité ?

— C'est fini, Audrey. Tu es suspendue ! Je ne veux plus te voir ni t'entendre jusqu'à nouvel ordre.

Le monde s'écroule autour de moi. La gorge serrée, je tourne les talons et m'enfuis. L'amour maternel de Patricia l'aveugle. Au point de faire obstruction à l'enquête.

Dans le hall d'accueil, je m'effondre dans un fauteuil.

Seule avec mes intuitions.

Soudain, une lueur d'espoir.

Quelqu'un croit que l'art est au cœur de ces meurtres.

La question : acceptera-t-il de m'aider ?

30

Femme dans le soleil du matin

— Tu m'as demandé si j'étais prête à entendre tes explications. Je le suis.

Mes mains sont moites. Ma voix tremble. Joël me détaille de la tête aux pieds, bouche bée, et m'invite à entrer.

— Tu veux boire quelque chose ?

— Non. Par contre, si t'as un truc à manger…

Il disparaît dans une pièce au fond du couloir et revient avec un paquet de petits-beurre.

— Désolé… Je n'ai que ça.

Les biscuits sont mous et sans saveur. J'en enfourne un et désigne le tableau de Leitvicz acheté la veille.

— L'acquéreur est heureux ?

— Oui. Il vient chercher la toile cet après-midi. J'ai une journée chargée. Je n'ai pas beaucoup de temps.

Le ton est donné. Je décide d'aller droit au but et de mettre ma fierté de côté.

— Je suis… désolée.

— C'est la troisième fois depuis qu'on se connaît que tu me présentes tes excuses, Audrey. Tu ne trouves pas ça un peu… bizarre ?

— Non. Enfin, si…

— C'est quoi ton problème ?

— Je… je n'arrive plus à faire confiance.

Joël se laisse tomber sur le canapé en soupirant. Lasse, je m'assois à mon tour. J'aimerais me livrer à lui, mais les mots ne sortent pas. Il le faut pourtant… Sinon, je risque de le perdre.

— J'ai été trahie. Difficile de croire au grand amour après être tombée au fond du trou.

— Que s'est-il passé ?

— Je n'ai pas envie d'entrer dans les détails… Pas aujourd'hui. Un jour, peut-être, je te raconterai mon histoire.

— Dans ce cas, j'attendrai. Quand tu seras prête, je serai là.

Je m'essuie les mains sur le pantalon. Je donnerais tout ce que j'ai pour changer de sujet, mais ma voix reste bloquée dans ma gorge. Conscient de mon embarras, Joël poursuit.

— Et toi ? Es-tu prête à entendre mon histoire ?

— Oui.

— J'ai passé douze ans de ma vie avec une femme jalouse et possessive. Je ne pouvais pas lever le petit doigt sans m'attirer ses foudres. Pour la rassurer, j'ai arrêté de sortir, de voir mes amis, de jouer au tennis… Mon amour était si fort que je ne prenais pas la mesure de mes sacrifices. Puis une goutte d'eau a fait déborder le vase. Un jour, elle m'a empêché d'aller travailler. Elle voulait que je reste à la maison. Je ne devais voir personne d'autre qu'elle. J'ai pété les plombs. J'ai fait ma valise et je me suis barré. C'était il y a six mois. Depuis, elle m'appelle vingt fois par jour. Soit pour m'insulter, soit pour me dire qu'elle est perdue sans moi. Elle a même menacé de se suicider. J'en ai parlé à son médecin, mais il n'y a rien à faire. Elle refuse de se reprendre en main. Me pourrir la vie semble être son unique but.

— Je comprends mieux pourquoi tu as employé le terme « compliqué ».

— Le mot est faible…

— Vous étiez mariés ?

— Oui. J'ai demandé le divorce, mais elle refuse. Elle est persuadée de pouvoir me faire changer d'avis. Une bataille d'avocats est en cours… Franck Tardy était mon meilleur conseiller sur le sujet.

— Tardy ?

— Oui. Je ne l'ai pas montré par fierté, mais lorsque vous m'avez annoncé sa mort, je me suis senti dévasté.

Joël se tourne vers moi et chasse une larme sur sa joue. Sa tristesse est communicative. En silence, je me mets à pleurer. Il m'enlace et dépose un baiser sur mon front.

— On a l'air malins tous les deux.

— De vrais bébés !

— Tu crois qu'on arrivera à tirer un trait sur notre passé ?

— Bien sûr ! Et la confiance, on la retrouvera. Avec le temps. Et la bonne personne.

Je me blottis contre lui. Son parfum m'inonde de douceur. J'aimerais lâcher prise, mais c'est impossible. L'enquête me rattrape.

— Merci pour les invitations.

— Pas de quoi. Tu pourras assister à la performance d'Orlando en toute discrétion.

— Tu m'accompagnes ?

— Pourquoi n'y vas-tu pas avec ton dragon ?

— Patricia ? Tu plaisantes ! Elle n'en a plus rien à foutre de ce que je pense. Et pour couronner le tout, elle m'a mise sur la touche.

— Quoi ? Personne ne peut empêcher ça ?

— Personne. Je me retrouve seule avec mes intuitions à la con.

— Moi aussi je crois que la piste de l'art est la bonne.

— C'est gentil.

— Tu sais que tu peux compter sur moi.

Je me glisse dans les bras de Joël. Mon dernier refuge. Ses caresses pansent toutes mes blessures, ses mots ôtent tous mes doutes.

Après une longue étreinte, je me lève et m'apprête à prendre congé. Nous nous embrassons une dernière fois lorsque la sonnerie de mon portable retentit. Le numéro de Gaël apparaît sur l'écran. Je peste. Et rêve de sauter à pieds joints sur cet appareil pour le faire taire à tout jamais. Empêcher les dieux « téléphone » et « travail » de saborder ma vie affective.

— J'ai un truc de fou, Audrey.

— Je t'écoute, Gaël.

— Un collectionneur d'art vient d'appeler. Hier soir, lors d'une vente en ligne sur un site spécialisé, une œuvre a été attribuée à 200 000 euros. Un tirage A4 en couleurs, signé et numéroté « 1/1 ». Le type vient de m'envoyer une capture d'écran de l'annonce. Cette œuvre, Audrey… Cette photo… C'est celle du meurtre de Tardy !

31

Beneath the Roses

— Piece of my Art est une plateforme de vente d'œuvres d'art. Mais pour avoir un compte sur le site, il faut montrer patte blanche. Les acheteurs et les vendeurs déposent un dossier pour obtenir des codes d'accès. N'importe qui ne peut pas vendre ou acheter n'importe quoi.

Je me tourne vers Joël sans dire un mot. J'ai insisté pour qu'il m'accompagne au 36. Il a accepté, ébranlé par les révélations de Gaël. Je partage son trouble, tout en me félicitant d'avoir cru que l'art était au cœur des deux meurtres. Aujourd'hui, je vais pouvoir prouver à ma cheffe que j'avais raison et empêcher, peut-être, d'autres crimes.

— Et on trouve des œuvres intéressantes sur ce site ?

— Bien sûr ! Piece of my Art est une mine d'or. Une sacrée concurrence pour les salles des ventes.

— Et tu as accès à ce site ?

— Oui. On peut y faire de bonnes affaires.

— Tu achètes des œuvres que tu revends ensuite ?

— C'est un peu mon métier…

— T'as le droit de faire ça ?

— Bien sûr, rien de plus légal. Et l'art, c'est du business, tu sais.

Lorsque nous sortons de ma voiture climatisée, nous sommes écrasés par la chaleur. Joël tire un mouchoir de la poche de son pantalon et s'essuie le front. Je lui demande de presser le pas. Il ronchonne.

— Eh ! Estime-toi heureuse ! J'ai dû décaler un rendez-vous pour t'accompagner.

— Arrête de te plaindre. Mon petit doigt me dit que tu adores participer à cette enquête !

— Et je suis doué, en plus !

— C'est vrai.

Essoufflé, Joël s'arrête au beau milieu du parking et lève les yeux sur les bâtiments du 36.

— J'ai raté ma vocation ! Si je changeais de métier, tu me prendrais dans ton équipe ?

— Toi et moi ? Bosser ensemble ? On finirait par s'étriper !

Joël se met à rire et nous nous remettons en marche.

Après avoir serré quelques mains dans les couloirs, nous rejoignons Gaël en salle de réunion. Absorbé par l'écran de son ordinateur, il mordille le capuchon d'un Bic et sursaute en nous entendant entrer. D'un bond, il se lève et s'empresse de refermer la porte derrière nous. Sa réaction me surprend.

— De quoi as-tu peur ?

— Patricia, dit-il à voix basse. Si elle apprend qu'on bosse sur le sujet, et que je t'ai mise au courant, on va tous finir aux archives.

— Ça va. On n'est pas en train de préparer l'assassinat du préfet !

— Non, mais tu la connais. Et puis elle nous a dit qu'elle t'avait suspendue…

— C'était juste une dispute. Je suis sûre qu'elle a déjà oublié. Bon, montre-nous l'e-mail que tu as reçu.

Mehdi ouvre sa boîte de réception. La capture d'écran dont il m'a parlé apparaît sous nos mines ébahies : une annonce postée sur le site Piece of my Art concernant la vente d'une photographie. Le meurtre de Tardy.

La victime est au centre de la composition, sujet principal de cette œuvre d'art morbide. Les meubles du salon ayant été déplacés, ne reste plus dans le cadre que l'essentiel : les attributs de la vanité. Le crâne de la défunte épouse, le bouquet de fleurs fanées, la corbeille de fruits gâtés, la nappe blanche tachée, la bougie allumée, le cigare fumant.

Une lumière surnaturelle éclaire la scène. Froide. Bleue. Vibrante. Des éclairages artificiels ont été utilisés. Un projecteur a été orienté en direction du crâne. Le faisceau éclate sur les parois lisses et blanches de l'os et se fraye un passage entre les orbites.

J'ouvre la galerie d'images de mon téléphone portable. Le cadrage que j'ai choisi pour photographier le meurtre de Tardy est quasiment identique. J'avais vu juste.

Une courte description accompagne la photographie. Je me penche sur l'écran et la lis à haute voix :

Anonyme
Variation #2
2018

297 x 210 mm
Tirage unique numéroté 1/1.

Le cliché est signé au feutre blanc, mais impossible d'identifier un nom dans ce gribouillis.

Je me tourne vers Gaël.

— Quand l'annonce a-t-elle été postée ?

— Hier soir. À 20 heures. Par un certain Pascal Perron. Et ça n'a pas traîné. Un acheteur s'est aussitôt manifesté. À 20 h 18. C'est notifié ici.

— Pourquoi est-elle toujours en ligne ?

Joël intervient.

— Tout ce qui a été vendu ou acheté sur Piece of my Art reste visible. Le site fait office de référent. Il renseigne sur la cote et permet une traçabilité des œuvres d'art. Je m'en sers parfois pour établir mes propres prix.

— Comment cette photographie a-t-elle pu partir aussi vite à ce prix prohibitif ? Tu te rends compte ?

— L'affaire a fait du bruit dans les médias. Avec une telle pub, pas étonnant que le cliché se soit vendu à prix d'or.

Je ne tiens plus en place.

— Il faut accéder aux dossiers d'inscription de Piece of my Art, retrouver les coordonnées du vendeur et de l'acheteur et mettre le site sous surveillance. Si la photo du meurtre de Tardy a été mise en ligne, celle de Mourond va suivre. Qui t'a envoyé l'annonce, Gaël ?

— Un certain André Renaud. Si tu veux, je peux aller le voir pour l'interroger. Mais à mon avis…

— On ne néglige aucune piste. Tu lui files un rencard dès que possible.

— Entendu !

Je saisis mon téléphone et compose le numéro du service reprographie. Tout en leur soumettant ma requête, je m'élance dans le couloir.

Dix minutes plus tard, Joël, Gaël, Alain, Ludo et moi nous retrouvons en salle de réunion.

— C'est qui ce mec ? Le nouveau capitaine ? demande l'informaticien en désignant le marchand d'art d'un air dédaigneux.

Je ne prends pas la peine de répondre.

— On attend Patricia ? suggère Alain.

— Inutile.

Je déroule le tirage que vient de me fournir le service reprographie, l'étends sur le tableau blanc et coince chacun des angles sous un aimant. Apparaît sous nos yeux la mort de Tardy, vendue hier soir à un prix astronomique. L'agrandissement au format A2 permet d'avoir une photo imposante mais pixélisée, donc de piètre qualité. Je suggère à mes collègues de reculer de quelques pas et demande à Gaël un débrief de la situation.

Lorsqu'il a terminé, je me tourne vers Alain. Il semble subjugué par la photographie. J'ouvre le bal des questions.

— À ton avis, la photo a été prise à quel moment ?

Le technicien ajuste ses lunettes sur son nez, lisse sa barbe et penche la tête. Après quelques secondes de réflexion, il répond :

— Je dirais le jour de la mort de Tardy. La peau est rosée et on voit que la victime n'a pas encore gonflé. Mais difficile d'affirmer s'il est encore en vie ou s'il vient juste de mourir vu la qualité d'impression. On ne peut pas mettre la main sur l'original ?

— Si t'as deux cent mille balles, il est à toi.

Alain hausse les épaules.

— Ou pendant qu'il est en train de mourir, propose Joël. Immortaliser le passage de la vie au trépas, voilà qui est intéressant…

La porte grince derrière nous. Nous nous retournons à l'unisson et découvrons Patricia. La stupeur se lit sur son visage.

— À quoi tu joues, Audrey ?

— Explique-lui, Gaël.

Mon collègue soupire, fatigué d'avoir à raconter son histoire pour la troisième fois. Patricia l'écoute en se postant devant l'agrandissement. Mains sur les hanches, elle attend que Gaël ait terminé. Je n'ose pas bouger, redoutant son verdict. Après plusieurs secondes de silence, sa sentence tombe enfin.

— Mettez-moi ce putain de site internet sous surveillance.

32

Les demoiselles d'Avignon

Je m'effondre sur une chaise à côté de Ludo. Depuis plusieurs heures, l'informaticien tente d'extraire des informations intéressantes au beau milieu des lignes de code qui composent Piece of my Art. Il a d'ores et déjà identifié l'acquéreur de la *Variation #2*: Herbert Lizieux, soixante-dix ans, chirurgien esthétique à la retraite domicilié à Versailles. J'ai rendez-vous avec lui dans cinq minutes pour comprendre les motivations de son achat pour le moins macabre.

De mon côté, j'ai effectué des recherches sur le vendeur de la photo. En quelques clics, j'ai compris qu'il s'agissait d'un profil fantôme. Un pseudonyme, une adresse postale bidon, un numéro de téléphone aux abonnés absents, des fiches de paie éditées par une société fictive. Un personnage créé de toutes pièces dans l'unique but d'obtenir un compte sur Piece of my Art.

Ludo se redresse sur son siège et soupire.

— C'est bien ce que je craignais. L'annonce a été postée d'un cybercafé pourri de banlieue. S'ils ont une caméra de surveillance, je me fais curé.

— On vérifiera.

L'envie de râler me démange. Ludo reprend :

— Mais j'ai peut-être trouvé un truc intéressant. L'annonce a été publiée sur le site hier à 20 heures, mais elle a été rédigée le 27 juin.

— Le jour de la mort de Tardy.

— Oui…

Mon téléphone se met à sonner. Je décroche sans quitter des yeux l'écran de Ludo.

— Oui, Édith.

— Votre rendez-vous de 15 heures est arrivé.

Je dévale l'escalier et bondis dans le hall du 36. Un homme aux cheveux blancs m'attend à l'accueil. Grand, mince et chic, il porte – malgré la chaleur – un costume trois pièces gris et un nœud papillon vert.

— Herbert Lizieux ?

— Lui-même.

— Merci d'être venu aussi vite. Je suis le lieutenant Durand.

Je l'invite à me suivre dans mon bureau. Il s'installe face à moi et, d'une sacoche en cuir, extrait un iPad.

— Mon compte sur Piece of my Art est enregistré sur cette tablette, commente-il. Nous en aurons peut-être besoin.

— Certainement. Parlez-moi de votre achat d'hier soir. Il est pour le moins… surprenant.

— Il n'y a pas grand-chose à dire. J'ai vu passer ce cliché. Je l'ai trouvé beau. J'ai payé.

— Ne me dites pas que vous avez déboursé des centaines de milliers d'euros pour cette photo juste parce que vous l'avez trouvée « belle » ?

— Pas que, en effet. J'ai effectué une sorte d'investissement. Avec la notoriété soudaine de Tardy, je me suis dit que c'était une occasion à ne pas laisser passer.

— Vous avez reconnu la scène de crime ?

— Oui ! Les journalistes en ont tellement parlé aux infos. Ils n'ont jamais montré la photo, mais ils l'ont décrite de manière si précise… Et impossible de ne pas reconnaître Tardy, le ténor du barreau. Il est si souvent passé à la télé !

— Vous dites avoir fait un investissement. Comment pouvez-vous être certain que cette photo est l'œuvre d'un artiste et non celle d'un dégénéré ?

— Les deux ne sont pas incompatibles.

Cette réponse me laisse songeuse. Pas longtemps.

— Êtes-vous en contact avec le vendeur ?

— Non.

— Formidable ! Quand il vous fixera rendez-vous pour procéder à l'échange, vous…

— Je l'ai déjà reçu.

— Quoi ?

— Le cliché. Il est déjà en ma possession.

Herbert Lizieux sort de sa sacoche une enveloppe en kraft. Délicatement, il en extrait une feuille A4 glacée.

— Vous ne pouviez pas me le dire plus tôt ! Quand l'avez-vous reçue ?

— Cette nuit. L'enveloppe était dans ma boîte aux lettres ce matin, à la première heure.

Je l'examine. Pas d'adresse. Pas de timbre. Rien. Elle est vierge. Je vais la confier à Alain pour qu'il essaie de relever des empreintes. Sait-on jamais…

— Comment connaissait-il votre adresse ?

— Elle figure sur le site. Une fois que j'ai validé mon achat, elle lui a été communiquée. C'est toujours ainsi que cela se passe.

— Et pour le règlement ? Comment avez-vous payé le vendeur ?

— J'attends ses instructions. Aucun moyen de paiement n'était stipulé sur l'annonce.

— Attendez ! Vous avez reçu l'œuvre alors que vous ne l'avez pas encore payée ?

— Oui. Je n'ai jamais vu ça… D'habitude les vendeurs sont méfiants. Et à juste titre. Mais ne vous inquiétez pas : je vais régler mon dû !

— Vous allez surtout nous prévenir quand le vendeur entrera en contact avec vous. Entendu ?

— Bien sûr.

— Vous achetez souvent sur Piece of my Art ?

— Oui. Je passe des heures sur ce site. Je suis collectionneur, vous savez. Avec tout ce que cela peut entraîner comme achats impulsifs, irraisonnés. Au grand désespoir de mon épouse.

— Des photographies similaires à celle du meurtre de Tardy ont-elles attiré votre attention récemment ?

— Oui. Une autre m'a interpellé. Le sujet était tout aussi morbide.

Je manque m'étouffer en entendant cette réponse.

— Un tirage photo ?

— Oui. Même format, même style de numérotation, même signature. Vendu 20 000 euros.

— Quand ?

— Vendredi soir.

— Que représentait ce tirage ?

— Je vais vous montrer l'annonce.

Je reste sans voix tandis qu'il pianote sur sa tablette. La photographie du meurtre de Mourond a-t-elle déjà été mise en ligne ?

— La voilà !

Herbert Lizieux me tend son iPad.

Anonyme
Variation #1
2018
297 x 210 mm
Tirage unique numéroté 1/1.

Une image accompagne l'annonce. Je retiens un cri.

Pas de Pollock. Pas de Mourond. Mais le corps d'une femme découpé en morceaux. Sur un linge blanc, bras, mains, jambes et pieds sont disposés autour d'un tronc décapité. Le plus ignoble est la tête : tranchée en deux dans le sens de la hauteur. La partie gauche affiche le profil, tandis que celle de droite se montre de face.

Ce corps humain décomposé puis recomposé me soulève l'estomac. Pourtant, je parviens à trouver du sens à cette abomination.

Détruire les formes du réel pour réaliser d'autres figures.

S'affranchir des trois dimensions et des règles de la perspective.

Comme le faisaient les cubistes.

Comme l'aurait fait Pablo Picasso.

III

« Un tableau était une somme d'additions. Chez moi, un tableau est une somme de destructions. »

Pablo Picasso

33

Le cri

— Tu vois : j'avais raison. Je devrais prendre mes quartiers ici.

Joël passe la porte de mon bureau, un sourire de *golden-boy* rivé aux lèvres. Je le foudroie du regard, interdite devant tant de légèreté dans un moment d'une telle gravité. Sans tenir compte de ma mauvaise humeur, il se penche sur moi et dépose un baiser sur mes lèvres. Elles restent soudées. Joël recule en fronçant les sourcils.

— Un problème ?

— Oui. Un autre meurtre a été mis en vente sur Piece of my Art.

D'un geste brusque, je brandis l'annonce de la *Variation #1* sous son nez. Il s'en empare et esquisse une grimace de dégoût.

— C'est…

— Une femme découpée en morceaux, oui.

— Du cubisme.

— C'est ce que je pense aussi.

— Qui est la victime ?

— Aucune idée. Nous savons juste que le corps démembré d'une femme nous attend quelque part. Si nous n'arrêtons pas l'assassin, Piece of my Art va devenir un vrai cimetière…

— Qu'allez-vous faire ?

— Patricia doit rencontrer François Desjeunes, le responsable du site Internet dans une heure. Quant à moi, je vais éplucher les avis de recherche. Avec un peu de chance, la famille de la victime aura signalé sa disparition.

— Et la performance ?

— Quelle performance ?

— Celle d'Orlando C.

— Merde !

— Dans une heure, ajoute-il en tapant sur le cadran de sa montre.

Je frappe mon front du plat de la main.

— J'avais complètement zappé !

— Si tu veux, j'y vais seul…

— Volontiers. Et si tu vois quelque chose de suspect…

— … je t'appelle.

— Parfait ! Juste une question avant de te libérer.

— À votre service, lieutenant !

— La femme sur le Picasso : tu la connais ?

Surpris par mon sous-entendu, Joël grimace.

— Pourquoi voudrais-tu que je la…

— Parce que tu connaissais les deux premières victimes.

Il secoue la tête de droite à gauche et soupire.

— Je n'aime pas ce que tu insinues.

— Je n'insinue rien, Joël. Je cherche seulement le moyen d'identifier cette pauvre femme. La compter parmi tes clients ne fait pas de toi l'assassin. Au contraire.

— Qu'est-ce que ça veut dire ?

— As-tu envisagé que le meurtrier puisse s'en prendre à toi ?

Son visage se décompose. Joël n'imaginait pas un seul instant être en danger. Je poursuis.

— Si tu reconnais cette femme, je poste un officier devant chez toi pour assurer ta sécurité.

La phrase de trop. La panique s'empare de Joël. Livide, il se met à faire les cent pas dans mon bureau et balbutie des propos incompréhensibles. Je me plante devant lui et prends sa main.

— Ce n'était qu'une hypothèse... Tu n'as peut-être jamais vu cette femme.

Joël s'empare de la *Variation #1* et ne la quitte plus des yeux.

— Quel carnage ! Comment veux-tu identifier qui que ce soit.

— Une cliente. Une connaissance. Quelqu'un de proche...

— Quelqu'un de proche ?

— Reste calme, Joël.

— Calme !? Mais putain, Audrey ! T'es en train de me dire qu'un malade en a après moi ou des personnes que je connais et tu veux que je reste calme ?

Je n'ai pas le temps de répondre. Gaël déboule dans mon bureau :

— Ludo a trouvé l'acheteur de la femme découpée en morceaux !

Sans réfléchir une seconde, je laisse Joël en plan et suis mon collègue dans le couloir. Il me conduit dans l'antre de l'informaticien où nous sommes rejoints par Alain et Patricia. Derrière son écran, Ludo peine à contenir son excitation.

— J'ai identifié l'acquéreur. Il s'appelle Émile Blaisiot.

— Tu as son numéro de téléphone ?

— Ici.

— Parfait. Qui a rédigé l'annonce ? Pascal Perron ?

— Non. Dominique Claret. Un autre profil fantôme. Son adresse est bidon. Il a programmé l'annonce le 26 juin, pour qu'elle soit mise en ligne le vendredi 6 juillet.

— Il y a deux jours.

— Et si l'assassin suit une même logique, ça signifie qu'il a découpé et photographié sa victime le 26, la veille du meurtre de Tardy.

— Comment ces photos peuvent-elles être vendues sur Piece of my Art sans que personne ne bronche ? Ils n'ont pas de modérateurs ?

Patricia fulmine.

— Le responsable de ce site internet va passer un sale quart d'heure !

Autour de moi, mes collègues s'agitent. Leur stress est communicatif. Je n'ai pas besoin de ça… Il faut que je m'isole un moment. Je m'apprête à quitter le bureau lorsqu'une main me retient.

— Ça va ?

Je me retourne. Patricia. Ses traits sont tirés, son regard est dur. Je n'ai pas envie de lui répondre, ni même de lui parler, mais je me force.

— Comme quelqu'un qui bosse un dimanche.

— Personne ne t'a demandé de venir travailler !

Mon rythme cardiaque s'emballe. Une douleur comprime ma poitrine. Patricia est toujours en colère contre moi. Et mon éviction, que j'ai mise sur le compte de l'impulsivité, semble toujours d'actualité.

— Tu ne vas pas remettre ça sur le tapis, Pat.

— Je t'ai suspendue, Audrey.

— La décision la plus stupide de toute ta carrière.

— Ce n'est pas contre toi. C'est pour toi que je l'ai fait.

— Tu plaisantes ?

— Je veux que tu te reposes. Tu es fatiguée. Ça affecte ton professionnalisme, ton discernement.

— Mon discernement ? Tu parles de mes doutes quant à l'implication de Quentin dans cette affaire ?

— Quentin n'est pas un assassin.

— Si tu es convaincue de son innocence, pourquoi le protèges-tu autant ?

— Parce que j'ai confiance en lui.

— Ton amour maternel t'aveugle.

— On en reparlera quand tu seras mère. Rentre te coucher. Et n'oublie pas d'emmener ton marchand d'art. Il n'a rien à foutre ici. Je ne veux plus te voir au 36 jusqu'à la fin de cette enquête. Si tu t'obstines, j'en référerai à qui de droit.

Tous les regards sont braqués sur moi. Je suis *out* et personne ne vole à mon secours. Je les déteste. Tous !

Tête baissée, je quitte le bureau de Ludo. Dans le couloir, mes oreilles se mettent à bourdonner. Ma vue se trouble. Mes pieds ne touchent plus le sol. Je ne marche pas : je flotte. J'ai chaud. Très chaud. La lumière décline. Écran noir. Silence. Et soudain le vide le plus total.

Je suis frigorifiée. Sur mon front, un sac de glace. Devant moi, un mur contre lequel mes jambes sont tendues. J'essaie de me relever, mais on m'en empêche.

— Calme-toi. Les secours arrivent.

Joël, bouleversé, sourit en caressant ma main.

— Tout va bien, Audrey. Je suis là.

Un chagrin incontrôlable me gagne.

— Audrey ? Est-ce que vous m'entendez ?

Je l'entends, mais je suis incapable de le lui dire.

— Je suis le docteur Vernont. Je vais m'occuper de vous.

Une douleur dans le bras droit.

Un liquide dans mes veines.

Et l'obscurité encore une fois.

J'ouvre les yeux.

Où suis-je ?

Difficile à dire : la pièce est plongée dans le noir.

Je me redresse et regarde autour de moi.

Un fauteuil. Et une silhouette que je ne reconnais pas.

Je panique.

Tardy. Mourond. La femme découpée en morceaux.

Suis-je la suivante ? *Variation #4* ?

La détresse me submerge. J'ai du mal à respirer.

La silhouette se met à bouger. Je l'ai réveillée. Elle se lève et vient s'asseoir sur mon lit. Je n'ose plus bouger.

— N'aie pas peur, Audrey. C'est moi.

— Où suis-je ?

— À l'hôpital.

Patricia caresse mon front avec tendresse. J'imagine un sourire compatissant illuminer son visage.

— Comment te sens-tu ?

— Bof.

— Pourquoi n'es-tu pas venue me voir ?

— Pour ?

— Parler.

— De quoi ?

— De tes problèmes.

— Ce n'est pas le moment, Pat.

— Tu te sous-alimentes. On t'a surprise plusieurs fois en train de vomir dans les WC.

— Laisse-moi !

— Et pour couronner le tout, tu t'es remise à boire. Et à fumer.

— Qui t'a dit ça ?

— Joël. D'après lui, ça sent l'herbe dans ton appart.

— Quelle balance ce mec ! J'hallucine !

— Il est inquiet ! Et moi aussi.

— Voilà pourquoi tu m'as suspendue ? Drôle de façon d'être inquiète.

— Je l'ai fait pour ton bien. Tu ne m'as pas écoutée, et regarde où nous en sommes.

— Sors de cette chambre !

— Je veux t'aider, Audrey. Joël aussi. Nous ne sommes pas tes ennemis.

— Je t'ai demandé de sortir !

— Pourquoi refuses-tu le soutien de ceux qui t'aiment ?

Je bondis dans mon lit.

— *Ceux qui m'aiment ?* Tu crois vraiment que cet abruti de Joël m'aime ?

— Tout ce que je sais, c'est qu'il est dans ce putain de couloir, effondré sur une chaise. Il n'attend qu'une chose : que tu te réveilles. Est-ce qu'il t'aime ? Peut-être. Est-ce que ça t'amuse de casser tous tes jouets ? Affirmatif ! Si tu continues comme ça, tu finiras seule. Mais ce sera trop tard pour pleurnicher.

Patricia se lève et quitte la chambre. Elle se retourne une dernière fois et me porte le coup de grâce.

— Je n'ai pas dit mon dernier mot, Audrey. Je suis bien décidée à te sortir des griffes de l'alcool et de la drogue. Ça prendra le temps qu'il faudra, mais j'y arriverai. Je te le promets. J'ai échoué avec Quentin. Je n'échouerai pas avec toi.

Je n'ai pas le temps de reprendre mon souffle. Une autre silhouette apparaît dans l'entrebâillement de la porte.

— Je peux entrer ?

J'aimerais lui intimer de partir, mais je n'arrive pas à parler. Sur mes joues, les larmes coulent sans discontinuer. Ma chair est secouée de spasmes. Je sens une pression sur le matelas. Un corps contre le mien. Une main sur mon bras.

— Pourquoi ne m'as-tu rien dit, Audrey ?

— Je n'ai pas envie d'en parler.

— De quoi as-tu peur ?

— Fiche-moi la paix !

— Tu ne peux pas lutter seule contre tes démons. Laisse-moi t'aider !

— Ces démons sont invincibles, Joël. Immortels. Ils détruisent tout sur leur passage. La confiance. L'amour. Un jour, tu le comprendras et tu me quitteras. Comme l'ont fait tous ceux que j'ai aimés.

– Ces lâches ont baissé les bras, Audrey. Ils t'ont abandonnée parce qu'ils étaient faibles.

En pleurs, je me retourne et me blottis contre Joël. Il me serre encore plus fort. J'aimerais tant croire en ces mots qu'il murmure à mon oreille :

– Moi, jamais je ne t'abandonnerai.

34

Le cauchemar

Il est 7 heures lorsque j'émerge d'une nuit mouvementée. Des hallucinations aussi absurdes que terrifiantes se sont invitées dans mon sommeil. Des monstres ont rejoint ma couche et se sont agenouillés sur mon ventre. L'un d'eux a glissé ses pattes velues sous ma chemise sans que je puisse l'en empêcher. Pétrifiée de terreur, je l'ai laissé faire en étouffant des cris de détresse dans mon oreiller.

Je me lève, me dirige vers la fenêtre et l'ouvre en grand. Mes poumons se gorgent de l'odeur des pelouses tondues. Une douce brise agite les saules pleureurs du parc. Les oiseaux sifflent dans les buissons. Pourtant, la quiétude de ce matin de juillet ne me procure aucun réconfort.

Je m'assois sur le lit. Mon regard se pose sur la table de chevet. Un petit mot attend que je le lise.

J'ai un rendez-vous à 10 heures.
Je reviens te voir après.
Repose-toi !
Joël

PS : on a loupé la performance d'Orlando C.

Mes pensées sont confuses. La conversation que j'ai eue cette nuit avec Patricia était-elle réelle ? Et le corps de Joël lové contre le mien ? Et ses promesses de ne jamais m'abandonner ? Ai-je rêvé tout cela ?

Je secoue la tête. Réveillée depuis cinq minutes et je rumine déjà. Que pourrais-je faire pour m'occuper l'esprit ? Manger ! J'appuie sur la sonnette et trépigne en attendant l'arrivée d'une infirmière.

— Vous m'avez appelée, madame Durand ?

— Oui. Vous pourriez m'apporter un petit-déjeuner ?

— Bien sûr. Je vais vous chercher ça. En attendant, au dodo !

Je m'exécute en maugréant. Pourquoi le personnel hospitalier s'adresse-t-il aux patients comme s'ils étaient des demeurés ?

Dans le tiroir de la table de chevet, je trouve mon téléphone portable. Je l'allume, consulte ma boîte e-mail et écoute mes messages. Je prends ensuite mon courage à deux mains et appelle Patricia.

— Déjà réveillée ?

— Oui. Je déjeune, je m'habille et j'arrive.

— Je te demande pardon ?

— Tu as bien entendu !

— Je ne veux pas te voir au 36, Audrey.

L'infirmière est de retour avec un plateau. J'avale mon café en grimaçant. Du jus de chaussette. Et que dire du croissant industriel qui l'accompagne ?

— Si je ne reviens pas bosser, je vais péter les plombs, Pat.

— Pars en vacances avec Joël. Ça te fera du bien.

— Je serai sage. Promis !

— Tes promesses puent le mensonge. Si j'avais gagné un euro chaque fois…

— Tu ne me fais pas confiance !

— Si. Mais tu dois te reposer…

— Tu t'inquiètes pour ma santé ? Tu veux que j'aille mieux ? Très bien ! Je vais te dire comment faire : tu me sors de ce trou et on reprend l'enquête ensemble. Comme avant.

— Pour que tu puisses coffrer Quentin ?

— Apporte-moi une seule preuve de son innocence et je lui fiche la paix.

— Vendu ! Mais en échange, promets-moi de te reprendre en main.

— Marché conclu.

— Soit, dit Patricia en soupirant. Je viens te chercher et on se remet au boulot ! Mais on fait à ma manière.

— Vendu !

Deux heures plus tard, Patricia et moi passons la porte du 36.

Dans le couloir, nous croisons Alain. Après m'avoir serrée dans ses bras, il ne peut s'empêcher de me sermonner : « Tu devrais rester chez toi, tu as besoin de repos. »

Après avoir salué mes collègues, je rejoins Patricia dans la salle de réunion.

— Prête pour le débrief ?

— Je suis tout ouïe.

Hier, une heure après mon malaise, ma cheffe a rencontré, comme prévu, François Desjeunes. Les adjectifs qu'elle utilise pour le décrire sont durs :

hautain, antipathique, vénal. Ce quinquagénaire est le créateur de Piece of my Art. La première année, Desjeunes – habitué des salles de ventes et des galeries – proposait exclusivement les œuvres de jeunes artistes émergents, qu'il voulait promouvoir, s'octroyant au passage une commission sur chaque vente. Il a ensuite ajouté une rubrique à son site pour permettre aux amateurs d'art de vendre certaines pièces de leur collection. Un crayonné de Munch par-ci, une esquisse de Delacroix par-là.

— Et il a fait fortune, conclut Patricia. En quelques années, son site est devenu une référence. Aujourd'hui, il propose tout type d'œuvres d'art. Il est devenu incontournable.

— Si l'affaire de nos photos s'ébruite dans les médias, il risque de ne pas l'être longtemps.

— C'est sûr.

— Desjeunes a-t-il une équipe qui surveille l'activité du site ?

— En général, les annonces déposées par les collectionneurs sont scrupuleusement décortiquées par les administrateurs du site. Ils sont en lien avec Treima2, la base de données des biens culturels volés. Il y a quelques mois, suite à un cambriolage dans une galerie, deux abrutis ont mis en vente leur butin sur Piece of my Art. L'un des informaticiens de Desjeunes a découvert le pot aux roses et, grâce à lui, les voleurs ont pu être interpellés. Depuis cet épisode, la sécurité sur le site a été renforcée.

— Sauf pour les tarés qui vendent des photos de meurtres.

— Si Desjeunes est intransigeant quant à la traçabilité des œuvres mises en vente par les collectionneurs, il a reconnu se montrer plus laxiste avec les artistes contemporains qui vendent leur propre production. On peut le comprendre. La vente d'une œuvre d'un illustre inconnu présente bien moins de risques que celle d'une huile peinte par Cézanne.

— C'est bien dommage… À ton avis, Pat : l'artiste et le vendeur ne font qu'un ?

— À mon avis, oui. Mais ce n'est que mon intuition.

— Bon… On a du pain sur la planche. Qui fait quoi ?

— Ludo cherche la photographie du meurtre de Mourond. Si la mise en vente a été programmée, il devrait pouvoir trouver l'annonce. Gaël et Mathias tentent d'identifier la femme aux deux têtes…

— La femme aux deux têtes ? C'est quoi cette histoire ?

Patricia esquisse une grimace de dégoût.

— J'allais y venir. Nous avons décortiqué *Variation #1*. Il semblerait que deux victimes aient été démembrées pour réaliser cette… œuvre.

— Mais alors ce corps…

— Oui, il est composé des morceaux de deux femmes…

35

The Second Mouth

La salle de réunion est aussi silencieuse qu'une bibliothèque. Mathias et Gaël inspectent les avis de disparition pendant que Mehdi et moi étudions l'agrandissement de «la femme aux deux têtes» fourni par le service reprographie. Notre objectif: trouver un indice qui pourrait nous mettre sur la piste des victimes.

Je jette un œil sur l'horloge au-dessus du grand tableau blanc. Midi. Mon ventre se met à gargouiller, ce qui déclenche un fou rire général. Mathias se lève et s'étire.

— Je suis de corvée McDo. Qui veut quoi ?

— Pas encore, soupire Mehdi. Si on continue comme ça, je vais me transformer en frite.

— Et moi en sumo, se lamente Gaël en tapant sur son ventre.

— Et si on allait casser la croûte aux Nénuphars ?

La porte de la salle de réunion s'ouvre avec fracas sur une Patricia aux yeux rouges et brillants.

— Je m'absente, lâche-t-elle à la cantonade.

Je m'élance dans le couloir et la retiens. Elle est en pleurs.

— Que se passe-t-il, Pat ?

— Je file à l'hôpital Marmottan. Quentin a fait une connerie.

Elle détourne le regard pour dissimuler son chagrin. Sa pudeur et sa détresse me touchent.

— Il s'est ouvert les veines, dit-elle enfin. Il a perdu beaucoup de sang. Ils vont lui faire une transfusion. Heureusement : nous sommes du même groupe sanguin.

— Si tu as besoin de quoi que ce soit…

Je pose la main sur son épaule. Mes doigts caressent sa joue. Elle m'adresse un sourire forcé et se remet en marche. Je me retrouve seule, au beau milieu du couloir, avec un insupportable sentiment d'impuissance.

Je retourne en salle de réunion. Mes collègues constatent mon désarroi.

— Un problème ? demande Gaël.

— Non. Rien de grave.

Ils ne sont pas convaincus par mon mensonge mais décident pourtant de ne pas insister et retournent à leurs dossiers.

Je replonge dans la photographie de la femme aux deux têtes. Les quinze morceaux de chair sont disposés sur un grand drap blanc, froissé. La tête, tout d'abord, est constituée de deux visages différents. Les mains et les pieds ont été tranchés, les bras découpés au niveau des épaules et du coude, les jambes sectionnées sous les fesses et au niveau du genou. Le tronc est entier. Je recompte. Quinze morceaux. Grâce à la carnation de la peau, j'en déduis que sept appartenaient à l'une des victimes, huit à l'autre.

Il faut déployer une force physique et mentale insensée pour pratiquer une chose aussi abominable. Le bruit de la scie égoïne – ou de la machette – qui vient broyer les chairs, arracher les muscles et les tendons, briser les os. Pourtant, si monstrueux que cela puisse paraître, les démembrements sont plus fréquents qu'on l'imagine. La plupart du temps, cela répond à un besoin pratique : pouvoir dissimuler ou faire disparaître plus facilement un corps. Le meurtrier coupe sa victime aux jonctions. Tête, bras, jambes. C'est facile. On suit les pointillés… Mais, dans le cas présent, le meurtrier n'a pas voulu « dissimuler ». Au contraire. Il a découpé ces deux femmes pour les mettre en scène, les photographier et vendre le cliché.

Je me tourne vers Mehdi.

— Sais-tu comment Émile Blaisiot a reçu son « œuvre » ?

— De la même façon qu'Herbert Lizieux. Elle était dans sa boîte aux lettres le lendemain de son achat. Dans une enveloppe vierge.

— Où habite-t-il ?

— Nantes. Le livreur n'hésite pas à parcourir de nombreux kilomètres.

— Et pour le paiement ?

— Blaisiot attend, lui aussi, les instructions du vendeur.

— Instructions qu'il ne recevra jamais.

— Pourquoi ?

— Parce que l'artiste se fiche du fric.

Je me prépare à argumenter lorsque Ludo bondit dans la salle de réunion.

— Je suis un génie, les gars !

— Tu as trouvé l'annonce du Mourond ?

— Pas encore. J'étais sur autre chose. Regardez !

Il agite devant nous deux feuilles de papier sur lesquelles sont imprimés deux visages.

— C'est quoi ? demande Mehdi.

— Le portrait-robot des deux victimes.

— Comment as-tu fait ?

— J'ai bidouillé sur Photoshop à partir des deux moitiés de visages…

Devant notre stupéfaction, Ludo bombe le torse. Il exulte.

— Envoie-les-nous.

— À vos ordres, lieutenant.

Lorsque l'e-mail arrive dans ma boîte de réception, je le transfère immédiatement à Joël, à qui je téléphone.

— Audrey ! J'allais t'appeler. Comment vas-tu ? Patricia m'a dit que tu étais sortie.

— Oui. J'ai repris le boulot.

— Ce n'est pas raisonnable…

— Ne t'en fais pas pour moi. Je sais ce que je fais.

Joël marmonne. Je décide de changer de sujet.

— Tu es devant ton ordi ?

— Oui.

— Je viens de t'envoyer un e-mail.

— OK. Une seconde… C'est bon ! J'ai !

— En pièces jointes, tu trouveras deux photos. Le portrait des deux victimes de la *Variation #1*. Ces femmes : clientes ou pas clientes ?

— Négatif. Ni l'une ni l'autre. Je ne les connais même pas.

— Ouf !

— Ça veut dire que…

— Tu n'es pas en danger.

Joël lâche un soupir de soulagement.

Je raccroche et lance une recherche sur mon ordinateur portable. *Les Demoiselles d'Avignon*. Peinture iconique de Pablo Picasso. Cinq femmes dénudées prennent la pose devant un rideau de théâtre. Leurs corps sont déstructurés, représentés sous toutes leurs facettes : de face, de dos, de profil, de trois quarts. Les seins, coudes et genoux ne sont plus des courbes mais des angles. Deux femmes ont le visage déformé par une syphilis osseuse. Picasso interroge sur l'esthétisme et représente la beauté où elle n'est pas. Il s'affranchit des règles de la peinture académique. L'absence de réalisme et la difformité de ces prostituées vont choquer le public de l'époque. Matisse et Braque seront scandalisés par ce tableau et qualifieront son auteur de « terroriste ».

La représentation du corps humain : un sujet qui passionne les artistes depuis la nuit des temps. L'une des démonstrations artistiques la plus récente, mais aussi la plus extrême, est celle d'Orlan. Cette artiste plasticienne originaire de Saint-Étienne a expérimenté la peinture, la sculpture, la photographie, la vidéo, mais s'est surtout adonnée à de nombreuses performances. Elle est l'une des icônes majeures, en France, de l'art corporel. Son travail interroge sur la place du corps dans la société, notamment celui de la femme. Dans les années 1970, elle propose à la vente des clichés montrant des parties de son anatomie. En 1977, lors de la Foire internationale d'art contemporain de Paris, vêtue d'un tablier sur lequel est imprimée une photo d'elle nue, elle propose aux visiteurs de glisser une pièce dans une fente afin d'obtenir un « baiser de l'artiste ». Son travail va prendre un tournant radical dans les années 1990. Lors de performances filmées, elle modifie son corps au moyen d'opérations chirurgicales. Prothèses sous-cutanées, implants de silicone, cicatrices proéminentes, visage tuméfié, mutilations. Orlan cherche sa nouvelle identité, son autre « moi ». Lors de ses interventions, elle lit un passage de *La Robe*, un essai d'Eugénie Lemoine-Luccioni. Une citation illustre parfaitement son propos : « La peau est décevante car elle ne reflète pas ce que nous sommes. »

Au fil du temps, le bloc opératoire est devenu un atelier d'où sortent dessins au sang, photographies et films. Orlan inspire le dégoût. Pourtant, elle est l'une des rares à oser s'affranchir des cadres esthétiques et à s'affirmer comme une femme libre de tout diktat. Son interrogation artistique fait écho à celle de Picasso : qu'est-ce que le beau ? Sa réponse : la beauté n'est pas. La beauté n'est plus.

Lorsque j'étais étudiante, un prof nous avait montré l'une des vidéos d'Orlan dans laquelle l'artiste se fait ouvrir une seconde bouche au niveau du menton. Sans anesthésie générale. Visionner cette performance m'avait profondément marquée.

— J'ai trouvé !

Le cri de Gaël me fait sursauter. Je peste. Me perdre dans le travail d'Orlan m'a mis les nerfs à fleur de peau.

— T'es malade de hurler comme ça !

— Oh non ! J'ai une bonne raison ! Une femme disparue matche avec l'un des deux portraits-robots !

36

L'écharpe bleue

Plus personne n'a envie d'aller manger aux Nénuphars. Nous n'avons d'yeux que pour l'avis de recherche exhumé par Gaël. La ressemblance entre Anita Darfeuille et l'une des victimes de la femme aux deux têtes est frappante. Impossible toutefois d'en mettre sa main à couper, comme vient de le souligner Mathias avec son humour noir.

Anita Darfeuille, Parisienne de soixante-treize ans, n'a pas donné signe de vie depuis le mardi 26 juin. Troublante coïncidence : l'annonce pour la *Variation #1* a été enregistrée sur Piece of my Art ce jour-là. Sa disparition a été signalée par sa fille, Marie-Lou Kemmer, inquiète car sa mère n'avait aucune raison de quitter Paris sans la prévenir.

Je compose le numéro de Marie-Lou en observant le visage d'Anita, sans aucun doute passé plusieurs fois sous la lame d'un bistouri. Un nez parfait, des pommettes hautes et saillantes, des lèvres rouges et pulpeuses, une peau vierge de toute ride. Sur l'un des clichés que contient le dossier, les yeux bleus d'Anita semblent perdus dans le vide. Quelques mèches blondes s'échappent de son bonnet noir et viennent onduler autour de son visage de poupée. Me reviennent alors les performances d'Orlan et sa quête de beauté. Anita a suivi ses propres codes, ceux dictés par un Occident ô combien exigeant avec le sexe faible. Elle appartient à cette catégorie de femmes prêtes à tout pour atteindre la perfection. Celles qui achètent auprès de leur chirurgien esthétique le même nez que celui de Nicole Kidman, la bouche d'Angelina Jolie. Choisir sa beauté sur catalogue. Comme on choisirait un sac à main.

— Allô ?

— Marie-Lou Kemmer ?

— Oui.

— Lieutenant Audrey Durand.

— Oh, mon Dieu !

Je sens mon interlocutrice se décomposer à l'autre bout du fil et prends la mesure du choc qu'a pu engendrer l'annonce de mon titre. Sa mère a disparu depuis deux semaines : tout appel de la police peut être synonyme de mauvaise nouvelle.

Je me racle la gorge et reprends sur un ton le plus neutre possible :

— J'ai sous les yeux une déposition du lundi 2 juillet. Ce jour-là, vous vous êtes rendue au commissariat pour signaler la disparition de votre mère, Anita Darfeuille. C'est exact ?

— Oui. Comme mes messages et appels restaient sans réponse, je suis allée chez elle. J'ai sonné. Pas de réponse. J'ai utilisé mon double des clés pour entrer. La maison était déserte. Puis j'ai trouvé le téléphone de Mère sur la table du salon… Impossible qu'elle soit partie sans. Elle était toujours pendue à ce truc.

Comme la batterie était à plat, j'ai branché le portable. Et là j'ai vu de nombreux appels en absence, des textos non lus… Le message le plus ancien qu'elle ait envoyé datait du 26 juin. J'ai décidé de prévenir la police. Vous avez des nouvelles d'elle ?

Je décide de mentir pour ne pas l'effrayer.

— Non. Je suis en charge de l'enquête sur sa disparition. Nous allons devoir nous rendre au domicile de votre mère et…

— Je viens avec vous !

— Ce n'est pas nécessaire.

La respiration de Marie-Lou devient de plus en plus rapide.

— J'insiste. J'ai les clés. Je peux vous ouvrir. Vous gagnerez du temps.

Je fais tourner mon stylo entre les doigts en ressentant une pointe de déception. La femme aux deux têtes n'est pas chez Darfeuille. Le meurtre pourrait avoir eu lieu le 26 juin et Marie-Lou s'est rendue chez sa mère le 2 juillet. Si le corps avait été là-bas, elle l'aurait découvert. Vais-je trouver quelque chose d'intéressant dans cette maison ? Est-il utile de se rendre sur place ? Peut-être… J'accepte la proposition de Marie-Lou et lui donne rendez-vous dans deux heures.

37

Untitled N° 103

Mehdi tire le frein à main de notre Clio banalisée. Nous voilà à Passy. XVIe arrondissement. Encore et toujours.

Nous descendons de la voiture sans dire un mot. Un peu plus loin, une grande black à l'allure sportive claque la porte d'une Porsche Cayenne. Elle se dirige vers nous d'un pas décidé.

— Lieutenant Durand ?

— Oui. Marie-Lou Kemmer ?

— Elle-même.

— Je vous présente Mehdi, mon coéquipier. Merci d'avoir pu nous rejoindre aussi vite.

Marie-Lou est une femme splendide. De grands yeux noirs, une bouche pulpeuse, une peau couleur ébène, une épaisse chevelure ondulée. Elle a, sans aucun doute, été adoptée par les Darfeuille.

Nous nous serrons la main. La sienne est glacée par le stress. Comment évoquer nos craintes sans la terroriser ? « Bonjour, nous avons trouvé la photo de deux femmes découpées en morceaux et nous pensons que l'une d'elles est votre mère. »

Impossible. Pas tant que nous n'avons pas de certitude.

Marie-Lou nous conduit jusqu'à la propriété d'Anita. Elle glisse une grosse clé dorée dans le portail en fer forgé qui s'ouvre dans un grincement sourd. Nous pénétrons dans un parc arboré où un détail attire mon attention : si rosiers et massifs sont parfaitement entretenus, la pelouse, en revanche, semble ne pas avoir été tondue depuis plusieurs semaines.

— Vous n'avez rien constaté de suspect lors de votre dernière visite ?

— Mis à part le téléphone portable, non.

— Quelles sont vos relations avec votre mère ?

— Nous sommes proches. Très proches. Une relation fusionnelle. Qu'elle disparaisse comme ça, sans me prévenir, n'a aucun sens.

— Votre mère habite seule ?

— Oui. Elle et Père ont divorcé il y a dix ans. Elle s'est installée dans cette demeure que venait de lui léguer son oncle.

— Et votre père ? L'avez-vous contacté pour lui faire part de vos inquiétudes ?

— Oui. Mais Père n'a gardé aucun lien avec Mère. Tout ce qu'il leur restait en commun c'était moi et… de la rancune. Beaucoup de rancune…

— Pourquoi ?

— Je préfère ne pas en parler. Secrets de famille…

Cette réponse m'irrite.

— Votre mère a disparu sans raison apparente. Il serait préférable de ne rien nous cacher. Même s'il vous faut ressasser de douloureux souvenirs.

Marie-Lou me lance un regard gêné.

— Nous en parlerons plus tard.

Je n'insiste pas, mais qu'elle le veuille ou non Marie-Lou devra se confier. La grande black joue une nouvelle fois avec son trousseau de clés et déverrouille la porte d'entrée. Un immense hall s'offre à nous. Mehdi laisse échapper un sifflement de stupeur. À gauche et à droite de la pièce, de grands vitraux aux motifs abstraits et répétitifs filtrent la lumière extérieure. Au sol, des dalles de marbre confèrent à la pièce une fraîcheur revigorante. Je gorge mes poumons des odeurs qui flottent dans l'air. L'encens, la cire, le bois… Mais certainement pas la chair en décomposition.

Je me tourne vers Marie-Lou et lui demande, avec fermeté, de nous attendre dehors. Elle proteste, mais ma décision n'est pas négociable. Dépitée, elle s'écroule sur un banc dans le jardin, à l'ombre d'une tonnelle.

Je confie à Mehdi l'inspection du rez-de-chaussée et grimpe pour ma part à l'étage. Je passe en revue chaque photo de famille et dresse la liste des objets insolites que je croise, à l'image de ce vibromasseur posé sur un lavabo.

Dans cette maison, tout est propre et ordonné. Comme si Anita ne s'était pas absentée. Il ne serait pas étonnant de la voir surgir d'une minute à l'autre, une valise dans une main, un carton à chapeaux dans l'autre.

Au bout du couloir, la chambre principale. Le dressing regorge de robes de couturier. Une coiffeuse Louis XVI est recouverte d'une quantité astronomique de bijoux. Je frissonne. Un meurtre a-t-il été commis ici ? Mais pourquoi les corps auraient-ils alors été déplacés ?

Je poursuis ma visite, hantée par un sentiment étrange.

Un manque.

Il manque quelque chose dans cette maison.

De la décoration.

Des tableaux.

Une femme riche, assassinée selon le même mode opératoire que Tardy et Mourond, mais qui ne partagerait pas leur amour de l'art ? Étrange…

Soudain, un parfum vient me titiller les narines.

– La peinture.

Je sursaute. Derrière moi, Mehdi.

– Ça sent la peinture, répète-il.

– Tu as fini l'inspection du rez-de-chaussée ?

– Oui. Mais il y a une pièce dans laquelle je n'ai pas pu entrer. Fermée à clé. Audrey ?

– Oui ?

– Ça sent vraiment la peinture.

Je le dévisage et tente de comprendre le fond de sa pensée. Il ne m'en laisse pas le temps. Brusquement, il m'attrape le bras et m'entraîne avec lui dans l'escalier. Puis relâchant son étreinte, il se précipite à l'extérieur où Marie-Lou nous attend.

– Votre mère a-t-elle entrepris des travaux récemment ?

– Oui. Il y a deux mois environ. Elle a fait repeindre tous les murs de la maison.

Mehdi exulte.

– Savez-vous pourquoi ?

– Ça n'avait pas été fait depuis des années. Et puis Mère a changé la déco. Les anciens cadres avaient laissé des traces sur les murs.

– Les anciens cadres ?

— Mère avait beaucoup de tableaux. Un jour, elle en a eu marre et les a vendus.

— Des artistes connus ?

— Je ne sais pas, l'art n'est pas trop ma tasse de thé.

— Faites un effort. Vous devez bien vous souvenir d'un nom ?

— Monet ou Manet ? Je ne sais plus. Peut-être les deux. Tout ce que je sais, c'est que ces tableaux avaient de la valeur.

— Comment les a-t-elle vendus ?

— Sur eBay je crois.

— On ne vend pas un Monet sur Ebay, répond Mehdi en levant les yeux au ciel.

— Et un Manet ?

— Non plus.

— Tout ce que je sais, c'est que Mère a vendu ses toiles. Point.

— Avait-elle besoin d'argent ?

— Elle ne parlait jamais d'argent.

Mehdi soupire. Il perd patience.

— La porte fermée à clé au rez-de-chaussée, elle mène où ?

— Au bureau de Mère.

— Vous pouvez nous l'ouvrir ?

Nous suivons Marie-Lou à l'intérieur. Elle déverrouille la pièce mystérieuse et nous invite à entrer. Sur une grande table sont entassés rouleaux de papier bulle, ruban adhésif et cartons. Le kit parfait de quiconque veut emballer des objets destinés à la vente.

Mehdi se poste devant une étagère remplie de classeurs et penche la tête pour lire les inscriptions sur les tranches.

— Putain, Audrey ! Venez voir !

Je me précipite jusqu'à lui et détaille le classeur qu'il pointe du doigt.

Quatre mots écrits au marqueur noir.

Piece of my Art.

38

Allégorie de la simulation

Le classeur contient une dizaine de factures. Des toiles vendues par Anita Darfeuille quelques mois auparavant. Une jolie collection, même si elle n'arrive pas à la cheville de celle de Tardy ou de Mourond.

— On peut vous l'emprunter ? demande Mehdi à Marie-Lou.

— Bien sûr.

Je contourne le bureau et me poste devant la jeune femme, bien décidée à la faire parler. Nous n'avons plus de temps à perdre avec ses cachotteries.

— Vous avez évoqué des «secrets» de famille tout à l'heure. Vous pouvez nous en dire plus ?

Marie-Lou baisse les yeux.

— Par où commencer…

— Le divorce de vos parents par exemple. Pourquoi ? Comment ?

— Mère a quitté Père à cause de… moi. Ou plutôt de mon adoption.

— Quand vous ont-ils adoptée ?

— Il y a quarante ans. J'avais trois ans.

— Leur avez-vous demandé d'où vous veniez ?

— Oui. Quand j'ai compris qu'un père et une mère blancs ne pouvaient pas donner naissance à une petite fille noire. Ils m'ont répondu que j'étais native du Bénin. Que ma mère biologique était morte après ma naissance. Que mon père, drogué, était incapable d'élever un enfant. Dans le village, les rumeurs disaient qu'il avait tué ma mère. Qu'importe… Je me suis retrouvée dans un foyer. Je n'ai aucun souvenir de cette époque : je n'étais qu'un bébé. Deux ans se sont écoulés avant qu'Anita et Justin Darfeuille m'adoptent. J'ai eu une enfance heureuse. Père et Mère me comblaient de leur amour et l'argent n'était jamais un problème. Nous habitions une demeure magnifique. Sept domestiques étaient aux petits soins pour nous. Je n'avais qu'à claquer des doigts pour que mes vœux soient exaucés.

— Comment vos parents ont-ils fait fortune ?

— Père, aujourd'hui à la retraite, était promoteur immobilier. À l'âge de vingt ans, il a acheté un studio dans le Xe arrondissement pour une bouchée de pain. Un taudis. Il l'a rénové et revendu deux fois plus cher. Son ascension professionnelle a été fulgurante. Il est devenu millionnaire en quelques années. Un homme d'affaires brillant.

— Votre mère ?

— Elle écumait les musées pendant que Père faisait rentrer l'argent. Le mode de fonctionnement typique des bourgeois de cette vieille France.

— Un mode de fonctionnement qui ne semble pas être le vôtre ?

— Non, effectivement. Mère a toujours été dépendante des autres. Surtout de son mari. Mais ça ne semblait pas lui poser de problème. Au contraire. Une chose inconcevable pour moi.

— Parlez-nous de leur divorce.

— Mère a découvert que Père lui avait menti au sujet de mon adoption. Je ne venais pas du Bénin. Ma mère biologique n'était pas morte. Mon père n'était pas un toxico irresponsable. J'étais en réalité originaire d'Angola et j'avais été séparée des miens en 1978. De force.

L'Angola. Des enfants arrachés à leur famille. Je sens le fantôme de Mourond s'élever au-dessus de cette histoire. Lui aussi était en Angola dans les années 1970, durant la guerre d'indépendance. Une situation politique favorable pour qui veut s'adonner au trafic d'enfants. Un lien se tisse peu à peu entre les deux victimes.

— Mère est devenue folle, poursuit Marie-Lou.

— Parce que son mari lui avait menti durant toutes ces années ?

— Oui. Mais aussi parce qu'il avait eu recours à des méthodes illégales pour m'adopter.

Je tressaille.

— En savez-vous plus sur ces « méthodes » ?

— Non. Un sujet tabou.

— Pourquoi votre père n'a-t-il pas suivi la procédure habituelle d'adoption ?

— Ce n'est pas le genre d'homme qu'on fait attendre. Il connaissait des gens bien placés qui pouvaient lui dégoter une petite fille rapidement. Un caprice en quelque sorte. L'argent achète bien des choses, vous savez. Même le plus intègre des êtres humains.

— Pourriez-vous me donner les coordonnées de votre père ? J'aimerais échanger avec lui.

— On n'aime pas évoquer ce sujet dans la famille…

Je suis consternée par sa réaction.

— Ce n'est pas en agissant de la sorte qu'on retrouvera la trace de votre mère, Marie-Lou. Si vous refusez de nous aider, il va falloir vous débrouiller sans nous.

Je fais mine de partir. Marie-Lou se met à bégayer.

— OK. Je vous donne son numéro. Mais, par pitié, soyez prudente.

— Prudente ?

— Oui. Méfiez-vous de lui. Il risque de dire des choses sur Mère… Des choses terribles. Ne le croyez pas. Il a toujours voulu salir l'honneur de son ex-femme. Pour que sa famille et ses amis se détournent d'elle.

— Et il y est parvenu ?

Marie-Lou plonge son regard dans le mien. Les larmes perlent au coin de ses yeux.

— Hélas, oui.

39

L'Olympia

— Si je n'avais pas arrêté de fumer, je m'allumerais une clope, voyez.

J'opine tout en rêvant à l'odeur du cannabis et m'affale sur mon fauteuil de bureau.

Mehdi sort un carnet de sa poche et parcourt ses notes. Il se lance dans un résumé de la situation. Je l'écoute dérouler le fil d'une histoire à dormir debout – pourtant bien réelle.

— Franck Tardy. Richissime avocat à la retraite. Amateur de sadomasochisme. A été torturé dans sa salle à manger puis mis en scène selon les codes de la vanité. Mourond. Chirurgien-dentiste fortuné. En première ligne d'un trafic d'enfants africains. A été vidé de son sang, que l'assassin a ensuite projeté contre un mur selon la technique du *pouring*. Anita Darfeuille. Mère d'une Angolaise adoptée illégalement. Divorcée d'un promoteur immobilier plein aux as. Son cadavre est caché quelque part, découpé en morceaux puis assemblé selon les préceptes du cubisme à une autre victime non encore identifiée.

Mehdi referme son carnet en jurant. J'essaie de rester optimiste.

— Il faut se concentrer sur les points communs: l'art et, surtout, l'argent. Tardy n'avait plus de liquidités. Mourond a voulu se livrer à un ultime trafic d'enfants avant sa mort. Quant à Darfeuille, elle a vendu sa collection d'œuvres d'art avant d'être assassinée.

— Pourquoi avaient-ils tous autant besoin d'argent? s'interroge Mehdi.

— On les faisait chanter?

— Il faut parler au père de Marie-Lou. Il connaissait peut-être Mourond.

— Tu as raison. On l'appelle ou on y va?

— On l'appelle. Marre de se taper des kilomètres dans Paname.

Je décroche le téléphone et compose les premiers chiffres du numéro de Justin Darfeuille lorsqu'on frappe à la porte. Dans l'entrebâillement apparaît Patricia. Je bondis de mon siège, me précipite jusqu'à elle et l'entraîne dans le couloir.

— Comment va Quentin?

— Son état s'est stabilisé. Il est sous calmant. Et à l'isolement.

Patricia se mord la lèvre pour ne pas craquer.

— Il est en sécurité, Pat. Et entre de bonnes mains.

Ma cheffe jette un œil à gauche puis à droite du couloir et se penche à mon oreille.

— J'ai peur, Audrey.

— Sois forte. Tu verras: tout va rentrer dans l'ordre.

— Non. Tu ne comprends pas. J'ai peur de Quentin. Il a fait des choses… Horribles…

— Quelles choses ?
— Il… Après s'être ouvert les veines, il a…
Patricia fuit mon regard.
— Tu peux tout me dire, Pat.
— Il a trempé un pinceau dans sa plaie et s'est mis à peindre. Avec son propre sang.
Je lutte pour ne pas montrer mon effroi.
— Qu'a-t-il dessiné ?
— Un autoportrait. Une version monstrueuse de lui. Les médecins ne savent pas combien de temps il a passé sur cette « peinture ». Quand ils ont trouvé Quentin, il baignait dans son sang, inconscient.
Sa voix se brise. Comment ne pas faire le rapprochement entre les agissements de Quentin et les meurtres sur lesquels nous enquêtons ? Impossible de formuler mes doutes à haute voix sans m'attirer les foudres de Patricia. Je choisis de la rassurer, mais garde à l'esprit les problèmes psychologiques de son fils.
— Ce qu'il voit et entend au sujet des meurtres dans les médias l'influence, Pat. Il sait que tu es en charge de cette enquête. Il essaie peut-être d'attirer ton attention.
— Il ne peut pas *parler* comme tout le monde ?
— Non. Parce qu'il n'est pas *comme tout le monde*. Quentin est fragile. Différent. Mais si tu continues à le soutenir et à lui montrer que tu l'aimes, il s'en sortira.
Patricia m'observe sans ciller avant de se jeter dans mes bras. Nous nous étreignons un long moment. Puis elle recule, essuie une larme sur sa joue et demande :
— Changeons de sujet, veux-tu ? Avez-vous retrouvé l'une des deux femmes de la composition macabre ?

Je lui résume notre entrevue avec Marie-Lou Darfeuille et lui propose de se joindre à nous pour interroger son père. Elle me suit dans mon bureau, ravie d'avoir quelque chose à faire pour s'occuper l'esprit.

Mehdi sursaute en nous entendant entrer. Sans dire un mot, il pose une main amicale sur l'épaule de sa supérieure. Le silence est parfois le plus beau des réconforts.

Je reprends mon téléphone et achève de composer le numéro de Justin Darfeuille. La deuxième sonnerie vient seulement de retentir lorsque le promoteur immobilier décroche. Je me présente, et il m'interrompt déjà.

– Vous m'appelez au sujet d'Anita ?

– Oui. De sa disparition.

– C'est ma fille qui vous a mis ces conneries dans la tête ?

– Je peux vous assurer que Marie-Lou a de bonnes raisons de s'inquiéter.

Je dois lui mettre la pression sans donner trop de détails sur l'enquête en cours.

– S'inquiéter ? Pour Anita ? Une femme égoïste ! Elle fait ce que bon lui semble quand bon lui semble. Si elle a envie de disparaître de la surface de la terre sans laisser de traces, personne ne pourra l'en empêcher.

– Comment sont vos rapports avec votre ex-femme ?

– Exécrables ! Entre Anita et moi, c'est la guerre. Ma fille a dû vous le dire.

– Elle nous a parlé des rumeurs que vous propagiez.

— Tiens ! Me retrouverais-je, encore une fois, dans le rôle du méchant ?

— Vous avez caché la vérité sur l'adoption de Marie-Lou…

— N'importe quoi ! Anita a lavé le cerveau de notre gamine avec ces conneries et m'a fait endosser le rôle du salaud. Quand elle a demandé le divorce, elle était terrorisée à l'idée de perdre l'amour de sa fille. Elle a tout fait pour dépeindre de moi un portrait infâme.

— Soit. Mais cette histoire d'adoption illégale ?

— Foutaises ! Anita savait pertinemment d'où venait notre fille. C'est elle qui a voulu raconter des sornettes à Marie-Lou.

— Pourquoi ?

— Pour qu'elle ne se mette pas en quête de ses parents biologiques, pardi ! Une mère morte, un père drogué et hop ! Le tour est joué.

— Anita savait que Marie-Lou avait été volée à ses parents ?

— Bien sûr ! Nous le savions tous les deux. Et le plus savoureux dans toute cette histoire, vous voulez l'entendre ? C'est Anita qui a trouvé le passeur.

— Comment s'appelait-il ?

Je relève la tête et dévisage mes collègues. Patricia et Mehdi sont pendus aux lèvres de Darfeuille.

— Paul Mourond. Celui qui vient de se faire zigouiller. On récolte ce qu'on sème, non ?

Je suis stupéfaite par cette révélation. Je me redresse et avale ma salive avec difficulté.

— Vous ne semblez pas porter Mourond dans votre cœur.

— C'est le moins qu'on puisse dire.

– Il vous a pourtant permis d'adopter un enfant. En vous épargnant les formalités habituelles.

– Je savais que ses activités étaient *borderline*. J'ai prévenu Anita, mais elle se fichait de mes avertissements. Nous ne pouvions pas avoir d'enfants. Elle s'était mis en tête d'adopter une gamine africaine. Et elle la voulait tout de suite.

– D'après vous: la disparition d'Anita pourrait-elle avoir un lien avec le meurtre de Mourond?

– Bien sûr que non. C'était le seul ami qu'il lui restait. Je vous le répète: Anita s'est fait la malle et prend du bon temps je ne sais où avec je ne sais qui. Égoïste, je vous dis. Et vicieuse. Les raisons évoquées par Marie-Lou ne sont pas les causes réelles du divorce.

– Vous pouvez développer?

– Anita est une traînée. Demandez à ses proches, à ses amis. Ils vous diront tous la même chose. Ils se sont détournés d'elle et ils ont eu raison! Elle a fait des choses abjectes. Rien que d'y penser, j'en ai la gerbe.

– Je vous écoute.

– Elle a mené une double vie pendant des années. Elle m'a humilié. Je ne sais pas si on vous a déjà trompée, lieutenant, mais dans mon cas, le choc a été double: mon épouse, au lit, avec notre femme de ménage.

40

L'homme qui marche

J'appuie sur le bouton de l'interphone.

— Oui ?

— Joël. C'est moi !

— Je t'ouvre.

La porte d'entrée se déverrouille. Dans le hall, je m'arrête devant le grand miroir au-dessus des boîtes aux lettres. J'essuie le mascara qui a coulé sous mes yeux et me recoiffe du bout des doigts. Une gueule de déterrée. Tant pis ! Joël devra se contenter de « ça ».

Tout en grimpant les marches de l'escalier, j'écoute les cinq messages laissés par ma mère sur mon téléphone portable. Je la rappellerai demain. Peut-être. Ou quand j'en aurai envie.

Joël m'attend sur le pas de la porte.

— Content de pouvoir passer la soirée avec toi.

— Pareil. On sort boire un verre ?

— De jus d'orange ? répond-il les yeux pleins de malice.

— Plus d'alcool. Plus de shit. Plus de sucre. Plus de sel. Que me reste-il dans cette chienne de vie ?

— Moi !

Il pose ses mains sur ma taille, m'attire contre lui et m'embrasse. Une douce chaleur m'envahit. Mes muscles se relâchent. Joël a peut-être raison : sa compagnie est la meilleure des drogues.

Il m'invite à entrer et se lance dans une visite guidée de son antre comme il s'amuse à l'appeler. J'éprouve de la gêne en découvrant cet appartement immense, propre, décoré avec soin. Que doit-il penser de mon studio minable ?

Dans la salle à manger, je ne peux cacher mon étonnement en découvrant trois œuvres Pop Art accrochées aux murs. Je n'imaginais pas Joël amateur de ce courant artistique.

Nous terminons la visite par la chambre d'amis où une magnifique sculpture de Giacometti – l'un de mes artistes favoris – m'arrache un cri d'admiration.

— Si j'en vois passer une en salle des ventes, je penserai à toi.

— Très drôle. Tu sais que je n'ai pas un rond.

— J'ai dit que je penserai à toi. Tu as bien un anniversaire, non ?

Je rougis, ce qui semble l'amuser. Nous retournons dans le salon où un saladier de chips et une bouteille de Coca nous attendent. Joël remplit deux verres de soda et m'invite à trinquer. Je grimace.

— C'est fête !

— Le docteur a dit : « plus d'alcool ».

— Je n'ai pas droit à un écart ?

— Comment ça « un écart » ? Tu as déjà oublié l'état dans lequel tu te trouvais hier soir ? Bon sang, Audrey ! Ça suffit les conneries !

Je baisse les yeux.

— Tu veux que je t'aide ? OK. Tu as envie de t'en sortir ? OK. Mais si tu veux y arriver, il faudra me faire confiance. Et m'écouter. Compris, lieutenant ?

Joël prend son rôle de protecteur à cœur. Son attitude me touche autant qu'elle m'agace. Surtout, elle m'indispose. Sans lui répondre, je me lève et arpente le salon bien décidée à changer de sujet de conversation. Je jette mon dévolu sur une dizaine de toiles posées contre un mur.

— C'est quoi ?

— Rien d'intéressant.

— S'il te plaît !

Joël se lève et me rejoint en soupirant.

— Ce sont des peintures.

— De qui ?

— Moi.

— De vous, monsieur Dunière ?

— Oui.

— Je veux voir !

— Elles sont nulles.

— Allez !

Je trépigne comme une gamine. Joël s'agenouille en râlant et retire le papier kraft qui protège le premier tableau. Sur cette peinture monochrome, un homme, nu, filiforme, marche sous une pluie battante. Autour de lui, les passants, à l'abri sous leurs parapluies, le dévisagent. Cette toile dégage une telle mélancolie qu'elle me donne les larmes aux yeux.

— C'est beau, Joël.

— Ah bon ?

— Vraiment. Et je ne le dis pas pour te faire plaisir. Ce n'est pas mon genre.

— Soit.

— Tu as beaucoup de talent.

— Peut-être. Mais ça n'intéresse personne.

— C'est-à-dire ?

— J'ai envoyé mon book à toutes les galeries du pays. Aucune ne veut exposer mon travail.

— Pourtant tu as des relations ?

— Oui ! Mais malgré ça, aucun galeriste ne veut de moi.

Je penche la tête sur le côté et le regarde avec un air de chien battu.

— T'en fais pas, dit-il en souriant. Ça fait longtemps que j'ai tiré un trait sur ma « carrière ».

— C'est dommage.

— L'art figuratif n'a plus sa place dans notre société.

Je crois entendre Quentin.

— Pitié, Joël : ne change pas de style pour plaire.

— Je l'ai envisagé… Peindre avec mes déjections ou découper des nanas en morceaux pour vendre les clichés, ça intéresserait peut-être le marché de l'art contemporain. Je me ferais un paquet de thunes !

— J'aime autant tes bonshommes filiformes.

Joël regarde ses toiles avec dédain. Son air désabusé m'attriste.

Il remballe ses œuvres et se tourne vers moi.

— Vous les avez retrouvées ?

— Qui ?

— Les victimes de la femme aux deux têtes.

— On a identifié l'une d'elles, Anita Darfeuille. Une ex-collectionneuse issue de la bonne bourgeoisie. Ça te parle ?

— Non. Mais je peux vérifier dans ma comptabilité, histoire d'être sûr.

— Pas ce soir. Mais tu me tiendras au jus. Demain ?

— Yes !

— Quant à l'autre femme, inconnue au bataillon. Peut-être la maîtresse de Darfeuille.

— Elle était lesbienne ?

— D'après son ex, oui.

— Eh bien ! Entre Tardy le sadomasochiste, Mourond le trafiquant d'enfants et une bourgeoise qui s'encanaille, vous êtes servis.

— Comment peux-tu comparer une lesbienne à un trafiquant d'enfants ?

Le visage de Joël s'assombrit.

— Je ne compare pas une lesbienne et un trafiquant. Je dis juste que les victimes avaient des vies plutôt chaotiques.

— Continue de ramer…

— Je ne rame pas ! Assumer ses préférences sexuelles ne devait pas être facile pour cette femme. Son milieu social, son âge…

— Toi, tu penses à un truc !

— Oui. Je pense que le meurtrier règle ses comptes avec la bourgeoisie parisienne. Il choisit des cibles qui ont selon lui fauté et imagine une mise en scène de ce qu'il estime être leur péché.

Je le regarde, médusée.

— Tu délires, Joël. Tu devrais arrêter le Coca !

— J'essaie de t'aider.

— Chacun son métier.

— Avoue que ma théorie est crédible.

— J'avoue. Allez, Joël, passons aux choses sérieuses et débouche une bonne bouteille de vin !

— Non !

— Juste un verre !

— Tu n'arrêtes jamais !

— Non. Je suis têtue. Confie-moi tes toiles et tu en auras la preuve.

— C'est peine perdue.

— Tu verras. Les galeristes changeront d'avis quand ils auront mon arme pointée sur la tempe !

Joël éclate de rire.

— Tu es givrée. Ça me plaît !

— Je ne plaisante pas. Je suis capable de tout par amour !

Joël me regarde, médusé.

— *Par amour ?*

— Ouais, bon. Façon de parler, quoi…

Joël sourit. Je me mords la lèvre. Quelle idiote !

— Attends-moi ici, Audrey.

Il disparaît dans une pièce au fond du couloir et revient avec un paquet.

— Tiens ! Puisqu'on est dans la guimauve…

Hébétée, je prends le cadeau qu'il me tend, m'assois et effleure les petits cœurs roses sur le papier. Je pose mon verre sur la table basse et arrache l'emballage. Un cadre carré. D'une vingtaine de centimètres. Une étude de Leitvicz. Une pure merveille. Je lève les yeux sur Joël et me mets à bégayer.

— T'es… fou, Joël. Je… Je ne peux pas accepter…

— Tu n'as pas le droit de refuser.

— Je suis gênée.

— Ne le sois pas. Je suis heureux de pouvoir te l'offrir.

Un étrange sentiment m'envahit. Une telle attention ne m'était pas arrivée depuis si longtemps. Je voudrais profiter de cet instant, mais ma conscience me l'interdit. Une petite voix ne cesse de me rappeler que les hommes sont vils et manipulateurs. Qu'ils n'offrent jamais de cadeau sans arrière-pensée. Mon ex avait l'habitude de rentrer avec un bouquet de roses rouges après avoir baisé sa maîtresse.

— Je ne voulais pas te mettre mal à l'aise, Audrey. Désolé. Je suis maladroit. Je… ne veux pas précipiter les choses.

— Ne t'excuse pas. C'est ma faute. Je ne suis pas habituée à…

Le chagrin monte en moi. J'ai terriblement envie de pleurer. Heureusement, la sonnerie de mon téléphone met un terme à cette situation des plus embarrassantes.

— Un jour, je brûlerai ce téléphone, Audrey.

— Je suis désolée.

— J'ai l'impression qu'il passe sa vie à sonner.

— C'est le cas. Le boulot…

— Ne me dis pas que c'est le dragon, souffle Joël dépité.

— Eh bien si !

— Ne décroche pas, Audrey. S'il te plaît ! Reste avec moi, ce soir.

— Impossible, Joël.

Il vide son verre, penaud, et me laisse seule sur le canapé. Je décroche.

— Pat ?

— Audrey ! Tu as deux minutes à m'accorder ?

— Pas une de plus !

— Je viens de m'entretenir avec la sœur d'Anita Darfeuille. Lorsque Marie-Lou a signalé la disparition de sa mère, cette dernière a été entendue par la police. Elle a assuré – à l'instar de l'ex-mari – qu'il n’y avait aucune raison de s’inquiéter. Je lui ai fait part de nos craintes et sa langue s’est déliée. D’après elle, Anita fréquentait une certaine Marina Andreï. Les deux femmes se sont rencontrées en Russie l’année dernière. Le coup de foudre ! Marina, veuve d’un industriel russe, a tout plaqué pour venir s’installer en France.

– Pourquoi n’en a-t-elle pas parlé plus tôt ?

– Elle avait honte. Terriblement honte de sa sœur… Le tueur a choisi deux cibles parfaites, Audrey. Mis à part Marie-Lou, il savait que personne n’allait se soucier de la disparition de Darfeuille, fâchée avec sa famille depuis son *coming-out*. Quant à son amie, elle ne devait pas connaître beaucoup de monde en France. Les victimes idéales ! Le meurtrier disposait de tout son temps pour les assassiner, mettre la photo en vente et disparaître dans la nature.

– Malin, en effet. Où habite cette Marina Andreï ?

– À Passy, également. On a essayé de la contacter plusieurs fois, pas de réponse ! On a décidé d’aller faire un saut chez elle. Si tu veux te joindre à nous, tu es la bienvenue !

41

L'abbaye dans une forêt de chênes

Lorsque je me suis levée du canapé, Joël n'a pas essayé de me retenir. Il savait que c'était inutile. Était-il en colère ? Résigné ? Dépité ? Aucune idée. Je l'ai quitté avec une boule au ventre. Si un jour j'écris mon autobiographie, je l'intitulerai *Comment saborder une relation amoureuse en dix leçons.*

Je roule pied au plancher jusqu'à Passy, un œil sur le Leitvicz qui dépasse de mon sac à main. Un artiste énigmatique. Torturé. Qui a fait du collage sa marque de fabrique. Assembler des éléments disparates pour créer quelque chose de nouveau, d'unique. Une idée me traverse l'esprit. Et si les meurtres n'étaient pas l'œuvre d'une seule personne, mais d'un collectif d'artistes ?

Il est 22 heures lorsque j'arrive devant la demeure de Marina Andreï, une imposante maison bourgeoise. À ma grande surprise, je suis la première sur les lieux. Je colle mon front contre les barreaux du portail et admire le parc de la propriété.

Une lumière rouge se met à clignoter sur ma droite. Les pompiers, suivis de près par trois véhicules de police et une ambulance. À en croire les effectifs déployés, Patricia semble convaincue de trouver ici le corps des deux femmes.

— Déjà là ? me dit-elle en descendant de sa voiture.

— Oui. J'étais dans le VIe.

— Tu faisais quoi dans le VIe ?

— Pourquoi ? T'es d'la police ?

— Si on ne peut plus demander…

— Alain n'est pas avec toi ?

— Il ne devrait pas tarder.

Patricia presse le bouton de la sonnette. Nous patientons. Cinq secondes. Dix secondes. Une éternité. Je m'apprête à sonner une nouvelle fois, mais Patricia interrompt mon geste. Elle demande à l'un des pompiers d'ouvrir le portail. Il s'exécute sur-le-champ.

La bâtisse, plongée dans le noir, me rappelle le manoir des Bates dans *Psychose*. Je frissonne. Comment fait-on pour vivre dans un endroit aussi lugubre ? De nombreux rosiers ornent le jardin et les arbres sont parfaitement taillés. Les lieux sont entretenus. Détail troublant : la pelouse, ici aussi, laisse à désirer.

Notre petit groupe se dirige vers la porte d'entrée. Patricia sonne – pour la forme –, mais personne ne répond. Le pompier serrurier s'agenouille devant le verrou principal et, en quelques secondes, nous ouvre la porte. Une odeur nauséabonde nous prend aussitôt à la gorge. Âcre. Intolérable. Reconnaissable entre toutes. Au même instant, Alain bondit derrière nous.

— T'es attiré par l'odeur, ma parole !

— J'adore quand ça sent le cimetière.

Il essaie de détendre l'atmosphère, mais je sens que le cœur n'y est pas. Nous nous précipitons au dernier étage. Alain me tend un petit pot de camphre. Je m'enduis le dessous des narines, mais le parfum de la mort a déjà contaminé mes poumons. La puanteur qui règne est intenable.

Les pompiers ouvrent la marche, martelant le parquet massif de leurs grosses chaussures. Jusqu'à une porte. Où nous attend l'œuvre d'un dégénéré : quinze morceaux de chair qui recomposent le corps d'une femme. Tous les regards sont rivés sur les cadavres. Plus un mot. Plus personne pour essayer de détendre l'atmosphère.

42

Variation #1

Des cadavres découpés en morceaux, j'en avais déjà vu deux au cours de ma carrière. Une expérience traumatisante. Réduire un corps humain à de vulgaires morceaux de viande… Il n'y a rien de pire. Les criminologues ont tenté d'apporter une explication à ces actes d'une barbarie sans nom. Outre qu'un cadavre en kit est plus facile à transporter et/ou à dissimuler, démembrer permet de rendre plus complexe l'identification de la victime. Un exemple : soustraire les mains au corps pour les brûler et faire disparaître ainsi les empreintes digitales. En 2009, le meurtre sordide de Jasmine Fiore, en Californie, a fait les choux gras de la presse. Ce mannequin pour play-boy a été retrouvée étranglée et mutilée. Doigts sectionnés. Dents arrachées. Manque de chance pour le tueur, la jeune femme a pu être identifiée grâce aux numéros de série de ses implants mammaires.

S'il est d'ordre souvent pratique, le démembrement peut aussi répondre à une pulsion : couper pour s'approprier le corps de l'autre. Certains criminels iront jusqu'à consommer la chair de leur victime pour décupler cette notion de communion, D'autres prélèveront un organe qui fera office de souvenir ou viendra étoffer une collection.

— En quarante ans de carrière, je n'ai jamais vu ça.

Je baisse les yeux. Alain est agenouillé près de la femme aux deux têtes.

— Ce taré a coupé le crâne de chaque femme en deux. Du front au menton. Tu te rends compte de la force qu'il faut pour faire un truc pareil ?

— Comment s'y est-il pris, selon toi ?

— Une scie à plâtre peut-être. Difficile à dire. En tout cas il a utilisé du matos de professionnel. C'est un boulot de qualité.

— T'appelles ça un boulot de qualité ? s'offusque Patricia qui vient de nous rejoindre. C'est un putain de boucher, ce mec.

— Non, soutient Alain. Le meurtrier a nettoyé les plaies avec soin et les a cautérisées au fer rouge pour éviter toute hémorragie. Regarde le drap sous les cadavres : il est blanc, immaculé ! Le meurtrier voulait une scène de crime propre, pas un bain de sang.

— Pourquoi ? s'interroge Patricia.

— Pour que sa photo soit parfaite.

Je me tourne vers Alain et lui demande :

— Tu as une idée du jour de la mort des victimes ?

— En tenant compte de la canicule, je dirais deux semaines.

— Ça coïnciderait avec le jour où l'annonce a été programmée sur Piece of my Art.

Mon téléphone se met à sonner. Je regarde l'écran : Joël.

— Désolé de te déranger, Audrey. Je viens de recevoir un e-mail. Au sujet d'Orlando C.

— La performance qu'on devait aller voir hier ?

— Yes ! Apparemment l'artiste a dû l'interrompre au bout de dix minutes. Un ongle arraché qui a failli virer à l'hémorragie. Orlando s'est évanoui avant de se retrouver à l'hôpital pour une transfusion.

— Quelle blague ! Ce type s'automutile depuis la nuit des temps et il tourne de l'œil pour un ongle cassé ? Mais où va le monde ?

Joël rit de bon cœur avant de poursuivre.

— L'organisatrice a envoyé un e-mail à tous ceux qui étaient inscrits à la performance. Orlando va mieux et il propose une session de rattrapage demain, à midi, au même endroit.

Autour de moi, tout semble évoluer au ralenti. Alain qui mitraille de son appareil photo la femme aux deux têtes ; Patricia qui fait les cent pas ; le *commissaire-à-rien* qui foule de ses mocassins cirés la scène de crime en me foudroyant du regard.

Du matos de professionnel. Un boulot de qualité.

— Audrey ?

Je sursaute.

— Excuse-moi, Joël. J'étais perdue dans mes pensées.

— J'avais remarqué. C'est oui ou non ?

— Oui ou non, quoi ?

— On va à la performance ou pas ? Il faut que je donne une réponse.

Rencontrer Orlando C. peut-il faire avancer l'enquête ? Je n'en suis pas sûre. En revanche, ce rencard me permettrait de passer un peu de temps avec Joël, ce qui me ferait un bien fou. J'accepte l'invitation et raccroche.

Soudain, les murs se mettent à tanguer autour de moi. Je prends appui sur une commode. Le manque ne me laisse aucun répit… Je dois être plus forte que lui. Je respire lentement et, peu à peu, tout se remet en place. Je retourne auprès d'Alain qui constate ma fébrilité.

— Ça va, Audrey ? T'es toute blanche. On dirait que t'as vu un cadavre.

Je me force à sourire.

Je m'agenouille devant le corps et m'approche de *ses* visages. Je plonge mon regard dans *les siens*, vides et froids, comme si je pouvais sonder l'âme des victimes et trouver les réponses à mes questions.

Anita. Marina. Que vous est-il arrivé? Qui a pu vous assassiner avec tant de barbarie? Au nom de quoi? De la jalousie? De l'homophobie?

— Audrey !

Je relève la tête. Alain me dévisage l'air grave. Il a enfilé ses gants et, du bout des doigts, a fait pivoter le tronc de Darfeuille.

— Il est reparti avec un souvenir. Un morceau de peau découpé dans le dos…

— Son trophée habituel, auquel il a ajouté les autres morceaux, précise Alain. Les cadavres de Darfeuille et d'Andreï ne sont pas complets. Où sont les pièces manquantes ?

Le meurtrier a pu s'en débarrasser, les brûler, les manger… Comme ce Japonais qui, en 1981, à Paris, a assassiné une étudiante néerlandaise. Issei Sagawa a prélevé sept kilogrammes de chair sur sa victime, en a consommé une partie, a stocké l'autre dans un réfrigérateur, puis a débité le reste de la dépouille. La suite des événements de ce sombre fait divers est aussi sordide que pathétique. Issei a réparti les morceaux du cadavre dans deux valises, appelé un taxi et s'est fait conduire au bois de Boulogne. Sur place, il a mis les deux valises dans un Caddie, qui s'est renversé sous les yeux médusés des passants. Une fois arrêté, il a révélé aux enquêteurs qu'il voulait se débarrasser des « restes » parce qu'il ne disposait pas d'un congélateur assez grand.

— Tu viens avec moi ?

— Quoi ?

Encore une fois, je me suis déconnectée du monde réel pour m'enfermer dans une bulle. Patricia, visiblement agacée, me dévisage.

— Il faut que tu te concentres, Audrey. J'ai l'impression de devoir tout te répéter. T'es amoureuse ou quoi ?

— Tu disais ?

— Je disais : tu viens avec moi. On va jeter un œil à la cave.

Nous traversons le salon. Dans cette maison, pas d'œuvres d'art. Tous les murs sont blancs. Quelques photos de famille çà et là, mais pas de tableaux. Je compose le numéro de Mehdi.

— J'ai besoin de ton aide. Je voudrais que tu te rencardes sur Marina Andreï. Aurait-elle, elle aussi, vendu des œuvres d'art récemment ?

— Les grands esprits se rencontrent. Je viens de trouver quelque chose à ce sujet.

— Et ?

Un cri. Je me tourne vers Patricia. Elle est penchée au-dessus d'une grande poubelle noire, le nez caché dans le col de sa chemise. Pas besoin de lui demander ce qu'elle a trouvé : j'ai compris.

43

Traité de l'anatomie

Lorsque mes collègues sortent de la poubelle les restes de Marina et d'Anita à un stade de décomposition avancée, j'ai une pensée pour Léonard de Vinci. Au cours de ma première année à l'école du Louvre, j'ai étudié avec passion et intérêt ses dessins anatomiques. Les prémices de ma fascination pour la mort et les salles d'autopsie ? Sans doute. J'ai décortiqué toutes les planches de l'artiste florentin consacrées à ce sujet jusqu'à les connaître sur le bout des doigts. Ces études devaient servir à un traité d'anatomie. Mais De Vinci, emporté par la maladie, n'a jamais achevé cette entreprise.

Il a toutefois laissé en héritage une quantité de dessins d'une précision sidérante et une contribution à la science anatomique de la Renaissance indiscutable. Ses découvertes sur le corps humain et son fonctionnement sont nombreuses. L'existence des sinus. Le rôle du cœur dans la circulation sanguine. La présence de quatre cavités cardiaques alors que les scientifiques de l'époque soutenaient qu'il n'y en avait que deux. Il a même porté le coup de grâce en affirmant qu'hommes et femmes disposaient du même nombre de côtes. Autant d'avancées qui ont ébranlé une société conservatrice où toutes les lois étaient régies par la religion.

Il portait aussi un intérêt particulier au mouvement. La course, le saut, l'effort. Un bras levé, une jambe pliée, une tête tournée. Le scientifique voulait comprendre le fonctionnement du corps humain pour que le peintre puisse réaliser des toiles parfaites. Léonard De Vinci a disséqué de nombreux cadavres pour les « croquer ». Une vingtaine d'après les historiens. J'imagine les conditions dans lesquelles il a dû réaliser ses croquis. Des amoncellements de chairs. Une odeur nauséabonde. Comme celle qui nous empoisonne les poumons en ce moment même.

Autour de moi, mes collègues jouent avec les mots. L'humour, encore une fois, pour supporter l'insupportable. Ils ont déroulé un grand plastique blanc sur lequel ont été déposés les quinze morceaux manquants. Quel monstre chassons-nous ? Pourquoi a-t-il sacrifié ces pauvres femmes ? Au nom de l'art ? Au nom d'une certaine forme de beauté toute subjective ? Le tueur a découpé ses victimes pour les mettre en scène. Choisir et assembler certains morceaux pour réaliser une œuvre d'art. Il est organisé, méticuleux, soigneux.

Je repense à Léonard De Vinci. Inventeur visionnaire. Dessinateur hors pair. Peintre magistral. Médecin légiste à ses heures perdues. Ingénieur. Architecte. Le monstre que nous recherchons est, lui aussi, pluridisciplinaire. Artiste. Metteur en scène. Photographe. Assassin.

En regardant l'heure sur mon portable, je constate que Mehdi a cherché à me joindre.

– Lorsque vous m'avez raccroché au nez, j'allais vous parler de la collection de Darfeuille.

– Désolée.

– Vous vous rappelez le classeur qu'on a trouvé chez elle ?

– Bien sûr. Avec toutes les factures des œuvres mises en vente sur Piece of my Art.

– Il contenait aussi l'identifiant et le mot de passe pour se connecter à son espace personnel. Et devinez quoi ?

– Je t'écoute.

– Le profil a été créé par Marina Andreï. Pour moi, ça ne fait aucun doute : c'est elle qui a poussé sa compagne à se débarrasser de sa collection.

44

Messe pour un corps

Il est 11 heures lorsque j'ouvre un œil. Je suis rentrée à 5 heures de la scène de crime et n'ai pas réussi à trouver facilement le sommeil. Les cadavres d'Anita et Marina me hantaient. Je me suis finalement endormie au moment où le soleil est venu frapper les persiennes de ses lueurs rassurantes.

Je bondis du lit. Je suis déjà en retard. Je cours jusqu'à la station de métro et me jette dans le dernier wagon de la rame. Je suis en sueur. Lorsque j'arrive devant la galerie Lemor, il est midi pile. Je joue des coudes pour traverser la foule compacte. Je me hisse sur la pointe des pieds et cherche Joël. Impossible de le distinguer dans cette marée humaine. Je prends mon portable et l'appelle. Dans le tumulte, j'entends une sonnerie familière, puis une voix qui résonne en stéréo. Sans raccrocher, je me glisse jusqu'à lui et bondis dans son dos en plaquant les mains sur ses yeux.

— C'est qui ?

— Peut-être la plus jolie fille de Paris.

Joël se retourne, un grand sourire aux lèvres. Je rougis. Il me serre dans ses bras et m'embrasse. Je revis.

– Mes WC te remercient pour le Leitvicz, dis-je d'un air mutin.

– Leur faire plaisir me comble de bonheur.

– Plus sérieusement : ton cadeau aura toute sa place au-dessus de mon bureau.

– Ne compte pas sur moi pour planter un clou. Je suis un piètre bricoleur.

– Je n'ai pas besoin d'un homme pour accrocher un tableau au mur !

– Tant mieux ! En revanche, je suis assez bon cuisinier.

Je souris, même si en mon for intérieur je trouve cette scène d'un ridicule confondant. J'imagine des couvertures de livres pour enfants, à l'instar de la célèbre série « Martine » : *Joël et Audrey achètent une maison en banlieue, Joël et Audrey se racontent leur journée de merde, Joël et Audrey adoptent un chien dans un refuge, Joël et Audrey paient leurs impôts en ligne…*

Je délire. Je m'égare. Pourtant, n'est-ce pas cette vie que la plupart des gens choisissent ? Les gens normaux. Les amoureux. Je ne fais partie d'aucune des deux catégories.

Galerie Lemor. Un immense buffet dressé par un traiteur réputé de la capitale. Voir tous ces toasts et verrines suffit à déclencher des gargouillis dans mon ventre. À quand remonte la dernière fois où je me suis nourrie ?

— J'ai épluché tous mes dossiers, Audrey. Je n'ai jamais eu affaire ni à Andreï ni à Darfeuille, m'annonce fièrement Joël.

— Marina aurait vendu toutes les œuvres d'Anita sur Piece of my Art. C'est ce que pense Mehdi. Et à mon avis, il a raison.

Joël esquisse une grimace.

— C'est le problème dans un couple. L'autre a toujours une collection un peu encombrante, voire ridicule, dont on aimerait qu'il se débarrasse.

— On collectionne tous un truc ridicule, non ?

Joël rougit.

— J'ai mis le doigt sur quelque chose ?

— Tu l'aurais découvert un jour ou l'autre, répond-il, feignant la décontraction.

— Dis-moi ! C'est quoi ? Les plaques de muselet des bouchons de champagne ?

— Pire !

— Les timbres ?

— Non, les surprises dissimulées dans les œufs Kinder.

Je ne peux contenir un fou rire. Joël, d'abord interdit, s'amuse finalement de ma réaction.

— Excuse-moi. Je ne me moque pas ! Je te jure ! C'est juste que… C'est… surprenant.

— Moque-toi. Ça m'est égal. Tout ce qui compte, c'est de te voir rire. Même si je dois passer pour un guignol.

Des applaudissements retentissent. Nous nous retournons à l'unisson. Orlando C. fait son entrée. Vêtu d'un jean et d'un T-shirt blanc, il traverse la galerie en saluant quelques invités d'un signe de tête appuyé. Puis il prend place derrière un pupitre, s'empare d'un maillet en bois et frappe trois coups. Comme au théâtre.

– Merci d'être venus aussi nombreux. La plupart d'entre vous étaient déjà là dimanche soir et je tenais à vous présenter mes excuses pour l'interruption de la performance. Après un bref séjour à l'hopital, me revoilà ! Alors trêve de bavardages, terminons ce qui a été débuté dimanche dernier. Place à l'art !

La salle applaudit. Orlando C. donne un nouveau coup de maillet sur le pupitre et annonce le début de la vente. Première pièce : un morceau de peau qu'il prélèvera sur sa joue droite. À ma gauche, une spectatrice ouvre les hostilités. Vingt mille dollars. Un de ses voisins se manifeste. Puis deux. Puis trois... Les enchères s'emballent. Les mains se lèvent puis se baissent avec une rapidité hallucinante. L'excitation est palpable. On dirait une bataille sanglante, impitoyable, où l'on se bat avec la plus redoutable des armes : l'argent.

Trente. Cinquante. Rien ne semble pouvoir stopper cette course effrénée.

– 110 000.

Stupéfaction dans la salle.

Puis le silence.

– 110 000, une fois ! Deux fois...

Le marteau retentit.

– Adjugé.

Joël se penche à mon oreille et murmure :

– Dimanche, son ongle est parti pour 22 000 dollars ! Tu ne trouves pas ça bizarre ?

– Moi, ce que je trouve bizarre c'est d'acheter le morceau de joue d'un mec pour le mettre chez soi.

— OK, mais revenons-en au prix. Dimanche : 22000. Mardi : 110000. Je n'ai jamais vu ça ! En deux jours, le prix quintuple !

Je n'entends plus. Je suis hypnotisée par l'artiste qui s'apprête à procéder au prélèvement. Tout comme moi, les spectateurs dans la salle retiennent leur souffle.

À l'aide d'un scalpel, Orlando C. réalise une entaille sur sa joue. Le sang coule le long de son cou. Quelques cris s'élèvent. Des murmures de dégoût les accompagnent. D'autres d'excitation. Les jeux du cirque. Les exécutions en place publique. Les accidents de la route. La souffrance des autres est, et sera toujours, le plus divin des spectacles.

Le performeur découpe sa peau avec application et délicatesse. Aucune émotion sur son visage. Il glisse la lame sous son épiderme, le soulève délicatement avec la pointe. Il sourcille. Des ruisseaux pourpres cascadent sur son T-shirt blanc. Je vacille. Être témoin de cet acte est insupportable. Mon mécanisme d'empathie s'emballe à son maximum : je souffre en imaginant la souffrance de cet homme.

Le prélèvement semble durer une éternité. Je veux qu'il en finisse. Comme s'il avait lu dans mes pensées, Orlando C. tire d'un coup sec. Le morceau de peau est arraché. Un mouvement collectif secoue la foule. L'artiste reprend sa respiration et frappe le pupitre de son maillet. Une salve d'applaudissement résonne dans la galerie.

— Passons à la seconde pièce. Je vous propose à la vente…

Je n'écoute plus.

Me reviennent les propos de Joël. Hier, Orlando C. a fait la une des journaux. Les médias ont relayé son hospitalisation et lui ont offert la plus belle des publicités. Ses prix se sont envolés. Multipliés par cinq en moins de quarante-huit heures. Un *buzz*, comme on dit.

45

Salvator Mundi

— La cote des artistes est une donnée floue qui dépend de nombreux facteurs.

Dans ce restaurant italien sur lequel nous avons jeté notre dévolu, Joël marque une pause pour avaler ses pâtes à la bolognaise. Du bout de ma fourchette, je triture les blancs de poulet de ma salade César.

— Tu n'as pas faim ? me demande-t-il soucieux.

— Pas vraiment ! Comment fais-tu pour avoir autant d'appétit après ce que nous venons de voir ?

Il se redresse sur sa chaise, essuie ses lèvres et prend une profonde inspiration. Mon reproche le met mal à l'aise, comme en témoigne le rouge qui point sur ses pommettes. Je me mords la lèvre et regrette de m'être montrée agressive. Je pose la main sur la table, en signe d'armistice. D'abord hésitant, il glisse finalement ses doigts entre les miens.

— Excuse-moi. Je suis un peu tendue.

— Cesse de t'excuser, Audrey.

Je ne réponds pas.

— Je sais que c'est difficile pour toi en ce moment. L'enquête. Le surmenage. Le…

— Le manque ? Tu peux le dire, ce n'est pas un gros mot.

— Comment te sens-tu ?

— Pour l'instant, ça va. J'essaie de ne pas y penser. Dieu sait combien de temps je vais tenir.

Et pourtant j'y pense. J'ai le sentiment d'être en colère contre la terre entière. Le choc de la performance d'Orlando C. ? Les effets du manque ? Plus de cannabis ni d'alcool depuis deux jours. Sans aide médicamenteuse. C'est dur. Éprouvant. Pourtant, au plus profond de moi, et pour la première fois depuis longtemps, j'ai *envie* d'y croire. Et le soutien de Joël joue un rôle déterminant dans cette décision.

— Tu devrais manger un peu, Audrey. Ce n'est pas le moment de plaisanter avec ta santé.

— Je n'ai pas faim. J'ai le droit, non ? Bon, cette cote. On en parle ?

Joël me dévisage. Ses doigts quittent ma main et s'emparent de la fourchette. Il s'octroie quelques bouchées avant de répondre, comme s'il voulait se faire désirer.

— Le marché de l'art n'est pas un vide-grenier où chacun fixe son prix en fonction de son humeur ou de la tête du client. Il existe une cotation officielle, disponible en version papier et numérique. Il y a aussi *La Gazette de l'hôtel Drouot.* Et les ventes réalisées par les acteurs majeurs du marché, comme Christie's, Artcurial ou Piece of my Art, qui servent également de baromètre. Enfin les gens comme moi, qui grâce à leurs connaissances et leur pratique quotidienne du marché peuvent donner des indications sur la cote de tel ou tel artiste.

— Comment on fixe les prix ?

— On se pose plusieurs questions. On prend en compte la formation de l'artiste, son parcours. Ses œuvres sont-elles présentes sur le marché ? Si oui, à quel prix ont-elles été vendues ? L'artiste expose-t-il dans des galeries ? Quelle technique, quel format, quel support utilise-t-il ? À quel courant artistique appartient-il ? Quelle est sa spécificité ? Qu'est-ce qui le rend unique ? La rareté est aussi un critère. De grands artistes ont plombé leur propre cote en se montrant trop productifs. Un comble !

— Les médias jouent-ils un rôle ?

— Et comment ! Ça marche de la même façon que pour le cinéma, la littérature ou la musique. Si on parle de toi à la télé, la moitié du boulot est faite !

Je reste songeuse.

— Tu penses qu'Orlando C. aurait pu mettre en scène son malaise pour faire grimper sa cote ?

— Bien sûr. C'est l'évidence même. Il était au creux de la vague. Et voilà que, de nouveau, les prix flambent !

— Un peu comme dans mon enquête.

— Quel rapport ? me demande Joël, dubitatif.

— Réfléchis. La première photographie mise en vente par le tueur est celle de la femme aux deux têtes. Personne n'a eu vent du meurtre. Pourtant, l'œuvre part à un prix incroyable. La photo de Tardy, elle, se vend plus cher encore. Et trouve acquéreur en à peine vingt minutes. Pourquoi ? La police a découvert le cadavre avant la mise en vente. Et l'affaire a fait la une des médias.

— Avec la biennale qui se tient en ce moment, on ne parle plus que de ça. Le meurtrier jouit d'une visibilité sans précédent. Que demander de plus ?

Je suis prêt à parier que la photo de Mourond va battre des records.

46

Quadrangle

— Non, mais tu te rends compte ? Tu t'imagines en train de débiter ton voisin ou ton petit ami en morceaux au nom de l'art moderne ?

— Contemporain, maman.

— Contemporain. Moderne. Peu importe. Tous ces imbéciles ne peuvent-ils pas se contenter de peindre un carré noir sur un fond blanc plutôt que de découper des lesbiennes en morceaux ?

Cette conversation avec ma mère prend, une fois de plus, un tournant surréaliste. En sortant du restaurant, j'ai pris mon courage à deux mains et décidé de l'appeler. Elle s'est tout d'abord lancée dans un long monologue durant lequel une pluie de reproches s'est abattue sur moi. Elle m'a ensuite questionnée sur l'enquête afin d'obtenir des détails graveleux. Et la voilà à présent qui me parle de « démembreurs », qui souvent paraît-il s'en prennent à leurs proches. J'essaie de rester zen. Ma mère a toujours eu un penchant pour le sordide. Je suis convaincue qu'elle a épousé un flic de la Crim' pour ces raisons.

— Je vais devoir te laisser, maman. J'ai du boulot.

— Ah, le boulot ! J'ai l'impression d'entendre ton père. Tu aurais dû rester au Louvre…

— Maman ! Tu ne vas pas remettre ça sur le tapis ?

— J'aurais dû t'empêcher d'entrer dans la police. Je le savais. Toutes ces années passées avec ton père… Mais non ! La leçon ne m'a pas suffi. Il a fallu que je laisse ma fille faire la même ânerie.

Je raccroche sans attendre la suite et étouffe un hurlement. Mon téléphone sonne. « Maman. » Je ne réponds pas. Tant pis pour elle ! Si je décroche, ça va finir en bain de sang verbal. Je vais l'envoyer balader, elle va pleurer à l'autre bout du fil. Je vais culpabiliser et elle aura gagné. La sonnerie s'interrompt. Remplacée par une autre quelques secondes plus tard. Celle d'un texto.

« Pense à venir voir ta pauvre mère de temps en temps. La vie est courte, tu sais. »

J'inspire, j'expire et me mets à courir dans les rues de Paris. Chantage affectif. Encore et toujours. Je suis prisonnière de ma mère. Elle resserre les liens autour de mes chevilles et de mes poignets par tous les moyens. Le cordon ombilical, elle ne l'a jamais coupé. Pire : elle s'en sert pour m'étouffer.

J'arrive enfin au 36 en un temps record. Je m'élance dans l'escalier et grimpe les marches deux par deux. Soudain, une main stoppe ma progression. Alain.

— On vient de recevoir le rapport du légiste concernant nos Demoiselles d'Avignon.

— Super ! Je n'avais plus rien à lire…

Il ne relève pas mon trait d'humour.

— D'après ses constatations, Darfeuille et Andreï sont mortes avant d'être découpées en morceaux.

Le meurtrier leur a injecté un cocktail explosif de médicaments.

— Ce qui veut dire ?

— Que contrairement à Tardy et Mourond, elles n'ont pas souffert.

47

Pénélope et les prétendants

Le nez plongé dans le rapport médico-légal, je croise Patricia sans la voir. Je sursaute lorsqu'elle me demande :

— Alors, cette performance ? C'était comment ?

— Écœurant ! On ne m'y reprendra plus. Et puis je ne pense pas qu'Orlando C. ait un lien avec l'affaire. Il ne s'attaque qu'à son propre corps, pas à celui des autres. On n'avance pas.

— Oh que si ! s'exclame Gaël qui surgit dans le couloir. Venez vite. Ludo a du nouveau.

Nous lui emboîtons le pas, direction l'antre de l'informaticien, où nous le trouvons penché sur son ordinateur en train de jouer au Solitaire.

— Tu te fous de nous ! s'insurge Patricia.

Il se redresse, imperturbable, et annonce fièrement :

— Du calme, j'ai trouvé le Mourond.

— L'annonce est déjà en ligne ?

— Non, répond Ludo. Comme pour les deux autres meurtres, elle a été rédigée et postée après la mort de Mourond. En l'occurrence le vendredi

7 juillet à 6 h 23. Elle a été programmée pour une mise en ligne ultérieure.

— Tu as la date ?

— Oui, capitaine. Elle sera mise en vente ce soir à 20 heures au prix de deux millions d'euros.

— Il faut empêcher la publication de ce truc, lance Patricia.

— Je m'en occupe de suite !

— Oh non ! On ne va rien empêcher du tout, dis-je, surexcitée. Au contraire.

— Pardon ?

— Les deux autres clichés ont été déposés dans la boîte aux lettres des acheteurs. Si on coince le livreur, il nous mènera au vendeur, qui nous mènera au tueur.

— Et si ça se trouve, les trois ne font qu'un, suggère Gaël.

Patricia est perplexe.

— Comment veux-tu coincer le livreur ? On ne sait pas qui va acheter la photo…

— C'est nous qui allons l'acheter ! Ludo nous crée un faux profil sur Piece of My Art et, dès que l'annonce apparaît, on clique. Il ne nous restera plus qu'à nous mettre en planque pour cueillir le coursier lorsqu'il viendra déposer la photo à l'adresse que nous aurons indiquée.

Mes collègues me dévisagent, bouche bée.

— Et tu vas les trouver où les deux millions d'euros ?

— L'argent n'est pas un problème, Patricia. Rappelle-toi que notre meurtrier n'a jamais réclamé son dû aux précédents acheteurs.

48

Sphinx Embedded In The Sand

Mathias et moi sommes en planque du côté de la porte d'Auteuil, en face de l'adresse que nous avons renseignée sur Piece of my Art. Comme prévu, nous avons acheté la photo du meurtre de Mourond dès que l'annonce a été publiée. Nous ne quittons pas des yeux la boîte aux lettres. Un peu plus loin, Mehdi et Gaël sont postés dans une autre voiture banalisée. Je regarde ma montre : 3 heures du mat'. J'ai les yeux qui piquent.

Je me tourne vers Mathias.

– Pas trop fatigué ?

– Ça va. Je tiens le coup.

Il me regarde l'air grave.

– Il a intérêt à marcher ton plan, Audrey. Si ça ne donne rien, Patricia va nous atomiser et on va tous finir aux archives.

Triste réalité. On ne vire personne dans la police, on fait pire : on colle les indésirables au placard. Les archives, c'est l'enfer sur terre pour des flics de terrain comme nous.

Mathias, pessimiste, poursuit :

— Le tueur doit se douter que les flics sont sur le coup. La livraison n'aura pas lieu. Les médias ne parlent que des meurtres et de la mise en vente des photos sur Piece of My Art. À la radio, un journaliste a même dit qu'il trouvait la mise en scène de la mort de Tardy majestueuse.

— C'est exactement ce que notre artiste veut. Que tout le monde parle de lui. Que la critique l'encense. Grâce à ça, sa cote grimpe. Il est célèbre. En pleine biennale, il vole même la vedette aux plus grands artistes contemporains. On peut parler d'un coup de génie. Même si…

Mathias m'interrompt.

— Là-bas ! Ça bouge !

Je balaie la rue du regard. Une frêle silhouette vêtue de noir se dirige avec empressement vers notre boîte aux lettres. Sous son bras, une enveloppe en kraft. J'essaie de contenir mon excitation. Trop beau pour être vrai.

J'ouvre doucement ma portière. Mathias fait de même. La silhouette ne nous entend pas. Je pose la main sur mon revolver, le sors de son holster et le brandis devant moi. Mathias m'imite. Nous avançons côte à côte, puis nous séparons de quelques pas pour fondre sur notre cible.

— Plus un geste !

Mon cri brise le silence de cette nuit chaude et étoilée. L'atmosphère est suffocante. La sueur perle sur mon front. Mes doigts tremblent autour de la crosse de mon revolver, mes muscles sont tendus. Mon cœur va exploser.

L'ombre s'est immobilisée.

Gaël et Mehdi nous ont rejoints. Le livreur est piégé. Il ne peut pas nous échapper. Mais, soudain, il fait un pas de côté et prend ses jambes à son cou. Je hurle. Mathias et Gaël s'élancent à la poursuite de l'ombre tandis que je m'agenouille pour ramasser l'enveloppe qu'elle a abandonnée. Je l'ouvre et en extrait le contenu. Sans surprise, j'ai sous les yeux le cliché du meurtre de Mourond. *Variation #3*. La victime est assise sur le canapé, sa silhouette se découpe en ombre chinoise sur le mur derrière lui. Il n'est pas le sujet principal du tableau, c'est une évidence. Le cadrage est centré sur le *pouring*: ces taches fluorescentes sur le mur blanc. Le meurtrier a, lui aussi, pulvérisé du luminol après avoir projeté et nettoyé le sang. Procédé malin pour obtenir un bleu vibrant et unique.

Mathias revient avec le livreur, qu'il tient fermement par le bras. D'un geste, il lui arrache sa cagoule. Un visage familier, aux traits tordus par la douleur, pose sur moi un regard empli de détresse.

Wally Neuzil.

Nous t'avons enfin retrouvée.

49

Autoportrait-signature

Recroquevillée sur une chaise, Wally souffle sur le café chaud que je viens de lui servir. Elle est entièrement vêtue de noir. Seule touche de couleur: sa chevelure flamboyante autour de son visage opalin. Patricia entre en trombe dans la salle d'interrogatoire. Wally pose sur ma supérieure un regard apeuré.

— Quand Mathias m'a appelée, je n'en revenais pas, dit-elle sans pouvoir contenir son excitation.

J'entraîne Pat dans le couloir.

— On ne sait pas quelle est l'implication de Wally dans cette affaire. Pour l'instant, la seule certitude est qu'elle livrait la photo du meurtre de Mourond quand on l'a cueillie. C'est tout.

— Et les autres photos ? Ce n'est pas elle qui les a déposées ?

— Nous venons juste d'arriver… Laisse-moi le temps de l'interroger.

— OK. Je me joins à toi.

Patricia remarque mon hésitation.

— Quoi ? Ça te pose un problème ?

— Promets-moi de garder ton calme. Wally est un animal sauvage. Un mot de travers et elle se braquera.

— C'est bon ! J'ai compris. C'est à se demander qui commande, ici !

Je souris.

— Tu penses qu'on tient le coupable ? me demande Pat.

— Aucune idée. Mais entre nous : tu imagines cette brindille découper deux femmes en morceaux ?

Patricia fronce les sourcils.

— Les meurtres seraient commis par plusieurs personnes ?

— Pourquoi pas. Wally ne serait qu'un pion. Une pauvre gosse qui a besoin de thunes.

— J'espère qu'elle va rapidement passer à table. Et nous aider à identifier le coupable. Et, à ce sujet, je voulais…

Patricia cherche ses mots.

— Te dire que je suis désolée.

— Désolée de m'avoir mise à l'écart ?

— Oui. De ne pas t'avoir fait confiance. Heureusement que tu es là pour me tenir tête et défendre tes convictions. Tu iras loin…

— Tu viens avec moi ? Voir ce qu'on peut tirer de l'escort ?

Nous retournons dans la salle d'interrogatoire. Wally n'a pas bougé d'une semelle. Elle est d'une maigreur effrayante. Ses joues sont creusées et ses yeux enfoncés dans leur orbite. Je ne peux m'empêcher de penser à ces peintures expressionnistes d'Egon Schiele. À ces dizaines de prostituées qu'il a croquées avec tant de talent avant d'être emporté, à vingt-sept ans à peine, par la fièvre espagnole.

Je reprends place sur la chaise à gauche de Wally tandis que Patricia s'affale sur un fauteuil.

— Avez-vous quelque chose à nous dire, Wally ?

— Je ne suis pas coupable.

La voix de la jeune femme est presque inaudible. Tête baissée, elle ne quitte pas des yeux ses baskets trouées.

— Vous n'êtes peut-être pas coupable, mais vous êtes complice. Que faisiez-vous à 3 heures du matin avec cette enveloppe ?

— Rien.

— Rien ? Vous livriez la photo d'une scène de meurtre. Vendue quelques heures auparavant. Vous vous étiez déjà rendue à Versailles et à Nantes pour déposer dans les boîtes aux lettres des acquéreurs les deux autres clichés !

— Oui.

— Bien. Saviez-vous ce que contenaient ces enveloppes ?

— Oui et non.

Je regarde ses longs doigts s'entortiller. Ses ongles sont rongés, la peau autour est arrachée jusqu'au sang. Je me lève et lui montre les photos des meurtres de Mourond, Tardy, Darfeuille et Andreï, œuvres d'art devenues pièces à conviction.

— Voilà ce qu'il y avait dans ces enveloppes. Les trois clichés de quatre meurtres. Vous avez dû en entendre parler à la radio ou à la télé non ? Ou alors vous viviez sur une autre planète ces derniers jours.

La jeune femme lève sur moi un regard vide. Je prends conscience qu'elle est complètement camée.

D'un coup d'œil, j'inspecte ses bras. Des hématomes sont visibles à l'intérieur de ses coudes. Rongée par l'héroïne jusqu'à l'os. D'une voix douce, je lui demande de nouveau :

– Êtes-vous coupable ou victime, Wally ?

Ses yeux s'emplissent de larmes. Mon cœur se brise. Elle murmure un « oui » du bout des lèvres. Patricia se redresse sur son fauteuil sans intervenir. Elle a décidé de me laisser faire.

– De qui êtes-vous la victime ?

Pas de réponse.

– Qui vous a remis ces photos ?

– Personne. Je les ai reçues par e-mail. Je devais les imprimer sur du beau papier, y apposer une signature, un gribouillis, et les livrer aux adresses qu'on m'indiquait.

– Attendez ! La signature en bas du cliché, c'est la vôtre ?

– Oui.

Patricia siffle puis plaque ses mains sur ses joues. Nous sommes stupéfaites par ce que nous entendons.

– OK. Je résume. Le coupable tue les victimes, imagine des mises en scène, les photographie, poste les annonces sur un site de vente et vous envoie ensuite les clichés par e-mail pour que vous puissiez les imprimer, signer et livrer. J'ai bon ?

– Oui.

– Avez-vous gardé ces e-mails ?

– Non. On m'a dit de les jeter.

– Qui « on » ?

– On m'a dit de ne pas le dire.

– Il m'emmerde votre « on », lance Patricia.

J'élève la voix pour couvrir celle de ma cheffe.

— Ce « on » vous a-t-il certifié que vous ne risquiez rien ?

— Oui…

— Vraiment ? Pourtant qui est, aujourd'hui, chez les flics en train de jouer sa liberté ? Vous ! Vous savez ce que ça coûte de faire obstruction à la justice dans une affaire de quadruple homicide ? Bon sang, Wally ! Redescendez sur terre. Celui que vous protégez n'en a rien à faire de vous. Il vous assassinera dès qu'il apprendra que vous avez vu les flics !

Wally pleure à chaudes larmes. Une gamine plus qu'une femme. Je lui tends une boîte de Kleenex. Elle se mouche bruyamment, renifle puis se redresse sur sa chaise.

— Je risque d'aller en prison ?

— Peut-être. Mais si vous nous aidez, nous pourrons plaider en votre faveur. Dire que vous nous avez prêté main forte. Les juges sont sensibles à ce genre d'attitude.

— OK, répond-elle en prenant une profonde inspiration.

Wally plonge ses yeux verts dans les miens. Elle se prépare pour le grand saut. Je n'ose pas bouger. J'attends ses prochains mots comme un gamin attend Noël.

— Tout ce que j'ai fait, je l'ai fait par amour. Pour Franck.

— Tardy ?

— Oui.

— Je croyais que vous l'aviez quitté. À cause de son comportement violent, déviant…

— J'aimais Franck comme jamais je n'ai aimé, mais notre relation était devenue toxique. Avec lui, j'étais en danger. Il le savait. Un jour, il m'a appelée. Il voulait me voir une dernière fois avant de mourir.

– Une dernière fois ? Comme s'il savait que…

– *Comme si* ? Non, Lieutenant. Pas *comme si*. Franck savait pertinemment qu'il allait mourir.

50

Le baiser

Je me laisse bercer par la voix de Wally. Elle nous raconte sa dernière entrevue avec Franck dans les moindres détails. Ses souvenirs sont si précis que je peux visualiser la scène. Je ferme les yeux et savoure, si l'on peut dire, le dernier acte de cette tragédie, spectatrice des adieux déchirants d'un homme et d'une femme.

— *Merci d'avoir fait aussi vite.*

— *Je n'ai pas beaucoup de temps, Franck.*

— *Je… je comprends Wally. Tu… Tu veux boire quelque chose ?*

— *Je veux bien un verre d'eau. Il faisait tellement chaud dans le métro.*

— *Comment ça va au travail ?*

— *La routine.*

— *Tu as rencontré quelqu'un ?*

— *Franck… Tu sais que…*

— *Tu as le droit d'être heureuse.*

— *Je… Je veux qu'on… qu'on essaie.*

— *Qu'on essaie quoi ?*

— *Toi et moi.*

— *Tu sais que c'est impossible, Wally.*

— *Et ce docteur dont tu m'as parlé. Pour tes accès de colère.*

— *Ça ne servira à rien. Il va me gaver de médocs. Je préfère crever plutôt que de devenir un légume.*

— *Il doit y avoir une solution.*

— *Wally, mon ange. Cette maladie ne se soigne pas. Elle coule dans mes veines depuis que je suis né. Il n'y a rien à faire contre ça. Je ne suis qu'un pauvre type qui détruit toutes celles qu'il aime. Et Dieu sait que je t'ai aimée. Mes amis avaient beau me dire que je ne devais pas m'enticher de toi, d'une prostituée, je n'en avais rien à faire. Mais ce mal qui m'habite, Wally… Deux hommes cohabitent dans mon corps. Et l'un d'eux est impossible à maîtriser.*

— *Je sais, Franck. L'un est un monstre, mais l'autre m'aime pour qui je suis, sans me juger. Il me comprend, m'écoute, me fait rire. Cet homme-là doit l'emporter sur l'autre.*

— *J'ai essayé, Wally. En vain. Le plus démoniaque gagne toujours la bataille. L'autre jour, il a failli commettre le pire. Tu sais ce que ça veut dire ? Que je suis capable de tuer. Parce que mes désirs ne connaissent pas de limites. Parce que je peux perdre toute notion de bien ou de mal… Que seul l'assouvissement de mon fantasme compte, quitte à mettre en danger la femme que j'aime. J'accepte d'être un salaud, mais je refuse de devenir un criminel. Ne te laisse pas aveugler par tes sentiments, Wally. J'en appelle à ton bon sens. Ce bon sens qui t'a dit de me quitter.*

— *Non, je…*

— *Je veux en finir, Wally.*

— Je n'aime pas quand tu parles comme ça.

— Je veux en finir avec ce monstre que je suis. Il ne gagnera pas, je te le jure. Et si je t'ai fait venir, c'est pour te demander ton aide.

— Franck…

— Je veux que tu me rendes un dernier service. Tu vas recevoir par e-mail trois photos. Je veux que tu les imprimes, les numérotes et que tu y apposes une fausse signature. Puis tu les déposeras à l'adresse qu'on te fournira.

— Et si je refuse ?

— Tu n'as pas le choix. Tu es ma seule chance. Je ne peux plus reculer. Et ceux qui m'ont suivi non plus.

— Donne-moi le nom du type à qui tu dois du fric ! J'ai des potes. Ils pourront lui régler son compte…

— Impossible. Je dois avoir ta réponse tout de suite.

— Franck… Oublie tout ça. Essayons de nous en sortir tous les deux.

— Non, Wally. Je viens de te le dire. C'est fini. Je ne te ferai plus de mal. Ni à toi, ni à personne. Promets-moi d'être heureuse. Vis ta vie. Quant à la mienne, que tu le veuilles ou non, elle se termine bientôt.

51

Le jugement dernier

Autour de moi, les enfants s'agitent. Ce n'est pas une légende : les gosses détestent les musées. Pour eux, c'est un endroit ennuyeux où ils doivent écouter un adulte parler de choses qu'ils ne comprennent pas et dont ils se fichent. Capter leur attention est un challenge et, pour y parvenir, il faut redoubler d'imagination et tordre le cou à un certain nombre de préjugés. Avec l'expérience, j'ai constaté que leur curiosité est systématiquement piquée par les œuvres sombres. Des visites guidées pour les scolaires, j'en ai fait des centaines, et tous les gamins, sans exception, sont attirés par la violence. Preuve : Jérôme Bosch est le seul nom qu'ils retiennent à l'issue d'une visite. Ses peintures d'un monde atroce et corrompu par le mal rencontrent toujours un vif succès.

La violence fascine. Lorsque j'étais en CM1, je me souviens avoir été subjuguée par l'iconographie d'un livre d'Histoire. Le programme abordait le Moyen Âge et nombreuses étaient les gravures à ce sujet. Certaines étaient d'une cruauté inouïe. Des têtes tranchées d'où jaillissent des geysers de sang ; des femmes éviscérées hurlant de douleur ; des hommes empalés sur des pics ; des nouveau-nés dévorés par des chiens. Ces images, je les ai détaillées avec autant de dégoût que de plaisir.

Oui. La violence fascine.

— Silence ! La visite va commencer.

Je reprends mes esprits. Je ne suis pas dans un musée, mais au 36. Patricia, debout derrière moi, écoute le récit de Wally. Grâce à son témoignage, les morts de Franck Tardy, Paul Mourond, Anita Darfeuille et Marina Andreï prennent enfin sens. La prostituée a été mise dans la confidence du plan de son amant et de celui de l'exécuteur : réaliser le triptyque le plus sanglant de l'histoire de l'art.

Mon esprit divague.

Me revoici auprès des enfants, dans cette galerie imaginaire. Ils se sont regroupés autour de moi, attentifs et silencieux, les yeux rivés sur les trois cadres en face d'eux.

Trois œuvres.

Trois photographies.

Quatre meurtres. Ou plutôt quatre suicides.

Mis en scène.

Anita Darfeuille, Marina Andreï, Franck Tardy, Paul Mourond. Tous partageaient un amour incommensurable de l'art, et une envie d'en finir.

Je me tourne vers les enfants :

— Tous les quatre ont refusé une fin conventionnelle. Ils voulaient une mort artistique. Unique. Une œuvre à part entière.

Les gamins sont bouche bée. Je poursuis :

– À gauche, première photographie du triptyque, *Variation #1*. Ces deux femmes, Anita et Marina, ne pouvaient pas vivre leur homosexualité au grand jour. La société bourgeoise et conservatrice à laquelle elles appartenaient les avait rejetées, proches et amis s'étaient détournés d'elles. Toutes deux avaient sombré dans la dépression. Elles avaient décidé de mettre fin à leurs jours, ensemble. Leur amour était beau. Il devait l'être même dans l'au-delà. Elles voulaient que leurs corps soient unis pour l'éternité dans une œuvre d'art inspirée de Picasso, leur artiste préféré, celui qui avait su donner une place aux rebuts de la société.

Le sujet principal de *Variation #2*, au centre du triptyque, est Franck Tardy, un homme capable du pire : vouloir attenter à la vie de Wally, la femme de sa vie. Il avait développé une haine viscérale à son reflet dans le miroir. Sa propre violence, il avait décidé de la retourner contre lui. Il devait souffrir, comme il avait fait souffrir. D'où cette vanité, parfait résumé de son existence : richesse, plaisir, puissance…

Enfin, à droite, *Variation #3*. Le sang de Paul Mourond tient le rôle phare dans cette photographie. Cet homme s'était battu contre un cancer, avait enchaîné traitements et opérations. Puis les dialyses avaient suivi. Quotidiennes. Le sang qui sort, rentre, qu'une machine filtre parce que le corps n'en est plus capable. La rémission s'était profilée, mais la maladie avait resurgi. Mourond, épuisé, se savait condamné. Mais il avait tenu à sauver sa dignité en magnifiant sa mort. Son sang deviendrait quelque chose de beau, de grand. Une œuvre d'art. Un hommage à Pollock et à ses projections de couleurs.

Voilà, les enfants. Avez-vous des questions ?

Ils gardent le silence. Vont-ils comprendre que, malgré les apparences, tout ceci n'est pas qu'une infamie ? Que l'art est une chose complexe qui mérite d'être étudiée, décortiquée, comprise et non jugée d'un simple regard ? Que l'être humain est de passage sur cette terre, mais que son œuvre, elle, demeurera.

L'art est immortel. Il nous survivra.

Les trois photographies se dissipent. Les gamins disparaissent. Mon songe prend fin.

Wally a terminé son récit. Elle assure ne pas connaître l'artiste. Je la crois sur parole. Elle n'était qu'un pion. Ses ordres, elle les a reçus de Tardy, et il a emporté avec lui son secret dans la tombe.

Mon regard se pose sur les trois clichés. Ces œuvres macabres seront-elles, un jour, exposées dans un musée ? Quelle importance ? Les victimes n'ont-elles pas eu ce qu'elles voulaient ? En devenant œuvre picturale, elles sont devenues immortelles, et leur meurtrier avec elles. Et tous se sont inscrits à tout jamais dans l'histoire.

L'histoire de l'art.

52

L'art du meurtre

Cinq ans plus tard

– Dépêche-toi, maman ! On va être en retard !

Je regarde Mathilde sautiller dans cette rue et souris. À son âge, j'étais comme elle : curieuse, éveillée et impétueuse. Toujours désignée *cheffe* de bande par les copains.

J'ajuste mon écharpe sur le nez et fourre mes mains dans les poches de mon manteau. L'hiver parisien est égal à lui-même : rude, gris et mélancolique. Pourtant, ce soir, un parfum de légèreté flotte dans l'air. Les guirlandes sont présentes dans les rues, les pères Noël se relaient dans les magasins et les vendeurs de sapins se sont établis sur toutes les places de Paris.

J'ai appris à aimer les fêtes de fin d'année, moi qui détestais ce débordement de bons sentiments. J'ai changé lorsque Mathilde est née. Qui aurait cru qu'Audrey Durand, dépressive, insomniaque, alcoolique et accro au cannabis, serait un jour une mère aimante et responsable ? Mon salut, je le dois à Patricia et à Joël. Ma cheffe m'a protégée quand j'allais mal et couvrait toutes mes erreurs. Joël a cru en moi. J'ai appris à lui faire confiance. Dieu sait ce que je serais devenue sans eux.

— Audrey !

Je me retourne. Ma mère accourt en agitant les bras. Chacune de ses enjambées est interrompue par le talon de ses escarpins qui se coince entre les pavés. Les passants la dévisagent, elle et son manteau en fausse fourrure violette.

— J'avais peur d'être en retard, s'écrie-t-elle.

— Tu n'es pas en retard. Le vernissage débute à 20 heures.

Mathilde se jette dans les bras de sa grand-mère. Leurs rires s'élèvent entre les immeubles. Nous entrons dans la galerie. Les visiteurs sont nombreux. Des amis, des journalistes, des curieux, des acheteurs potentiels… Le bouche à oreilles a fonctionné.

Je repense au meurtrier que nous n'avons jamais coincé. Il n'a pas réalisé d'autres *tableaux*. Trois œuvres lui auront suffi pour accéder à la notoriété. Qui peut se vanter d'un succès aussi fulgurant ?

Peut-on vraiment qualifier l'assassin de coupable ? Il n'a fait qu'honorer les dernières volontés de quatre fanatiques d'art capables de se payer ses services pour mourir en beauté. Et ensemble, ils ont créé un triptyque unique dans l'histoire de l'art.

Le meurtrier n'a jamais demandé le règlement des photographies. L'argent lui importait peu. Il avait déjà touché le gros lot grâce à ses commanditaires pour la mise en œuvre de leur suicide assisté. Nous n'avons d'ailleurs pas pu remonter la trace des paiements. Nous savons seulement que, pour engager le tueur, Darfeuille et Andreï ont liquidé leur collection de tableaux, Tardy a vidé ses comptes, et Mourond a arnaqué vingt-quatre familles.

– Maman, j'ai faim.
– Sois patiente. Les serveurs vont passer.
– Y aura des chips ?
– Je ne pense pas…

Mathilde me regarde, dépitée. Puis elle change brusquement d'expression. Un large sourire illumine son visage.

– Papa !

Elle saute dans les bras de son père et le couvre de baisers. Joël s'approche de moi et m'embrasse.

– Ça fait quoi d'être une star ?
– C'est gênant, me répond-il en rougissant.

Lorsque nous avons emménagé ensemble, j'ai décidé d'encadrer ses dessins pour les accrocher dans le salon. Un galeriste est passé, qui n'avait d'yeux que pour les œuvres peintes par ma moitié. Un coup de foudre artistique, a-t-il dit. Vous avez du talent. Je vous expose !

Je me tourne vers Joël.

– Tu as vendu ?
– Oui. J'ai du mal à y croire. Il n'en reste plus que trois qui n'ont pas encore trouvé acheteur. Tu veux les voir ?

Trois toiles. Trois rectangles nus aux contours incertains. Trois œuvres intrigantes que je n'avais jamais vues.

Je me penche sur leur descriptif.

Joël Dunière
L'art du meurtre
2018
Collection privée

Joël ne m'a jamais parlé de ce triptyque, un travail plastique, différent de son registre habituel. Je recule d'un pas. Les trois tableaux sont du même format et partagent cette même teinte brunâtre.

Le support est étrange. Sur l'un d'eux, un détail attire mon attention. Une suite de chiffres. « 24 25 26 ». Le tatouage de Tardy.

Je frissonne.

Je vacille.

Trois dos écorchés se mettent à danser dans la galerie.

Les murs tanguent, le sol se dérobe sous mes pas.

Des centaines d'images défilent devant moi.

Le corps mutilé de Franck Tardy.

Celui de Paul Mourond vidé de son sang.

Ceux démembrés d'Anita Darfeuille et de Marina Andreï.

Et ces alibis que je n'ai pas suffisamment pris le temps de vérifier. Ces indices que j'ai sous-estimés. Ces intuitions que je n'ai pas suivies. Ces erreurs que j'ai commises.

Joël ne me quitte plus des yeux.

Il sait que j'ai compris. Cette exposition est son aveu.

Par elle, il se livre à la flic que je suis.

Celle qui va devoir dénoncer l'homme qu'elle aime pour avoir commis l'inommable.

Au nom de l'art.

Remerciements

Merci.

À Éric, ma moitié, pour son soutien de chaque instant.

À Alain, pour ses conseils, sa disponibilité et sa bonne humeur. Ses anecdotes et sa personnalité ont rendu mon technicien de scène de crime plus vrai que nature.

À Michel, pour sa persévérance et son professionnalisme.

À toute l'équipe des éditions de l'Archipel, pour sa confiance.

À Nicolas, Audrey, Olivier et Dominique F. pour leur aide.

Vient de paraître aux éditions de l'Archipel

LE SANG
DES BELASKO
le nouveau suspense de Chrystel Duchamp

Cinq frères et sœurs se réunissent dans la maison de leur enfance, la Casa Belasko, une imposante bâtisse isolée au cœur d'un domaine viticole de Provence.

Leur père, vigneron taiseux et parano, vient de mourir, leur laissant une lettre dont ils vont prendre connaissance ce soir. Nombre de secrets y seront dévoilés.

Le plus terrible de tous, sans doute: leur mère ne se serait pas suicidée – comme l'avaient affirmé les médecins six mois plus tôt. Elle aurait été assassinée…

Au cours de cette nuit fatale, les esprits s'échauffent. Colères, rancunes et jalousies s'invitent à table. Mais le pire reste à venir. D'autant que la maison – coupée du monde extérieur – semble douée de sa propre raison.

Quand, au petit matin, les portes de la Casa se rouvriront, un membre de la fratrie sera-t-il encore en vie pour expliquer la tragédie ?

ISBN 978-2-8098-4040-7 – IF 750895 – 320 pages – 20 €

Prologue

Certains jours sont restés gravés dans ma mémoire.

Celui où les Belasko franchirent mon seuil en est un.

Avant leur arrivée, j'étais seule, salie, meurtrie. Le lierre m'étouffait, mes murs se fissuraient, mon toit laissait entrer la pluie. Abandonnée des humains, j'avais perdu toute ma splendeur. Pourtant, sous mes haillons, un homme discerna ma beauté. Dès lors, il n'eut plus qu'un objectif : me rendre ma superbe.

Durant plusieurs mois, les artisans se relayèrent pour me rénover. Sous leurs mains, je ressuscitai. Grâce à eux, mon cœur se remit à battre et un souffle nouveau m'anima. Mon avenir s'annonçait radieux.

Les travaux s'achevèrent et les Belasko s'installèrent. Je n'ai qu'à fermer les yeux pour retourner dans le passé, quarante ans plus tôt, lorsque les membres de la famille posèrent leurs bagages dans le hall de mon entrée. Ils étaient sept : le père, la mère et leurs cinq enfants. L'un d'eux n'était qu'un bébé dans un couffin. Les autres, deux petites filles et deux jeunes garçons, foulaient mon parquet en hurlant d'excitation. Fous de joie, ils couraient, riaient, s'embrassaient et étreignaient leurs parents. Je surpris leur père essuyer une larme. Son émotion me toucha. Ces instants étaient uniques, précieux. Jamais je n'avais été aussi heureuse.

Pendant des années, j'eus le bonheur de voir grandir les enfants. Je partageai leurs joies et leurs peines. Je m'attendris lorsque Philippe présenta sa petite amie ; je frémis lorsque Mathieu rentra de discothèque ivre mort ; je me réjouis lorsque Garance intégra une école hôtelière ; je pleurai lorsque Solène apprit qu'elle était diabétique ; je frissonnai lorsque David entreprit d'escalader le chêne centenaire.

En mon sein, la tribu se forgeait des souvenirs et unissait son histoire à la mienne. Son amour pour moi était si fort qu'elle me baptisa d'un nom : « Casa Belasko. » En me donnant son patronyme, elle fit de moi un membre de la famille à part entière. Notre communion était totale.

Hélas, toutes les belles choses ont une fin et, les uns après les autres, les oisillons quittèrent le nid. Un premier. Puis un deuxième. Jusqu'au dernier. Les époux restèrent et, malgré l'amour qu'ils me portaient, la nostalgie me gagna. Les enfants avaient laissé un vide impossible à combler. Bien sûr, ils venaient me rendre visite, mais ils avaient changé. Je ne retrouvais plus cette simplicité qui avait fait notre quotidien. Je regrettais l'innocence perdue. Avec amertume, je constatais leurs différends. Les rancœurs avaient pris la place des chamailleries. Ce n'était plus des histoires de jouet volé ou de dessin gribouillé. C'était plus dur, plus violent. Les enfants étaient devenus des adultes. Jaloux. Vénaux. Méchants.

Ma vie bascula lorsque la mort emporta Mme Belasko. Un souvenir atroce que j'aurais aimé effacer de ma mémoire. Et quand, quelques mois plus tard, son époux me quitta à son tour, mon cœur se brisa.

Mélancolique, j'admirai les feuilles des vignes bercées par le mistral. Je gorgeai mes poumons de l'odeur des lavandes et me laissai entraîner dans la valse des abeilles qui les butinent. Je m'émerveillai devant la beauté du soleil se couchant sur l'amphithéâtre naturel de roches dorées. Mais les volets roulants se rabattirent sur mes baies vitrées et empêchèrent la lumière d'entrer. Les paupières fermées, je plongeai dans l'obscurité. J'essayai de garder la tête haute mais, au plus profond de mon être, j'étais anéantie. Qu'allais-je devenir ?

Ma tristesse fut de courte durée.

Quatre jours après le décès de M. Belasko, les enfants décidèrent de se réunir, une dernière fois, entre mes murs.

Cette première nuit de l'été, la plus courte de l'année, fut la plus longue de mon existence. Je savais ce qui m'attendait. Je savais que les cinq frères et sœurs hausseraient le ton et que j'assisterais, impuissante, à leurs querelles.

Mais jamais je n'aurais imaginé être témoin d'une telle tragédie.

(à suivre…)

Cet ouvrage a été composé
par Atlant'Communication au Bernard (Vendée)

Impression réalisée par
CPI France
en décembre 2022
pour le compte des Éditions Archipoche

#lisez engagé !
www.lisez.com
Pour plus d'information :
Imprimé sur du papier issu de forêts gérées durablement.

Imprimé en France
N° d'édition : 656
N° d'impression : 2068990
Dépôt légal : janvier 2021